黃文鴻小說集

# 傷逝

黃文鴻 著

# 目錄

推薦序一

# 關於《傷逝》的歷史、文化與人生

黃達夫（和信治癌中心醫院院長）、陳昭姿（藥學進階教育中心主任）

一九六四年美國詹森總統通過《民權法案》後，美國放下種族間歧視的傳統，對全世界開放，這也是美國吸收全世界優秀人才的里程碑，因為世界各國開始進入美國就學讀書，或是找尋工作。在這個時間點，台灣年輕學子也群起蜂擁的，以能去美國繼續他們的高等教育，或是擴大工作機會為人生的重要目標。

黃文鴻教授在一九七〇年代畢業於國立台灣大學之後，也負笈前往美國完成了他最後一段的教育。他代表了那一個時期的年輕人，接受並完成跨國、跨文化的教育。在這種跨國、跨文化、跨領域的背景下，他目睹了這一群學人的境遇，寫出多篇的短篇故事，描述他們多樣化的人生。從本書人物所包含的悲歡離合，留給讀者一九七〇至二〇二〇年代台美菁英的人生百態。

作者以〈傷逝〉做為這本小說集為名的理由，主要以〈傷逝〉中的主角陳禹錫、王如鳳為主軸，陳禹錫因為喜愛藝術，進而也認識了同樣充滿藝術氣息的女學生王如鳳。雖然之後分道揚鑣，各自有了不同的婚後人生，但再次相逢，進而有了雙方身心的融合，雖然後來天人永隔，讓人傷感不已。作者以小說創作的方式描述這段非常特別，超越常人的遭遇。以「傷逝」來代表作者假想人生的憾事，確實可以將此篇故事做為這本小說集的主題（main theme）。

作者黃文鴻教授的人生，縱越學術、藝術領域，見證台灣與中國來台移民在成人後赴美的教育生活，而後回國貢獻。他匯集了這個時代（一九七〇至二〇二〇）台灣菁英令人回味讚賞的、充滿人性掙扎的過程，這樣的作品對於這個年代的生活與生命，給了一個值得去了解與探索的交代與記述。

作者確實是這個時代的一位代表性人物，他將個人跨國、跨文化且跨領域所獲取的學問貢獻給台灣，又願意在政府及學術機構長期付出，有助於台灣未來進入預期競爭激烈的二十一世紀後時代的推動力。

推薦序二

# 閱讀一本會說話的書

孫友聯（台灣勞工陣線秘書長）

記得在研究所黃文鴻老師的課堂上，老師總是信手就拈來許多鮮為人知的「政策故事」，擺放在台灣衛生福利和藥品政策脈絡中，這些故事可以為瞭解許多政策決策提供一張清晰的地圖，當時覺得老師無疑就是一本會說話的「真人圖書」，為學生標示出每一個關鍵的歷史轉折。

畢業多年後才驚訝的知道老師不只會說故事，還會寫小說，而且早在一九七六年就以〈沉情〉一文榮獲第一屆聯合報小說獎第三獎的殊榮，即使是現在退休後還持續創作和發表。閱讀老師以《傷逝》為名的小說集，雖然每一篇都出自於老師不同時期的力作，但細膩的筆觸讓文字更具穿透力，讓不同世代、不同領域和不同生命經驗的讀者，都會不經意的佇立在某個字裡行間中，重溫或尋覓故事畫面中似有若無的熟悉感，在會心一笑的剎那，觸摸著人生中聚與散的愁傷。

「宇宙不是由原子組成，而是故事」，《傷逝》裡收錄的每一篇故事，恰如其分的印證了美國詩人Muriel Rukeyser的美麗詩句的意境。而黃老師以他特殊人生歷練和社會關懷為底蘊，讓文字為在不同時期上演的時代劇配樂，時而悠揚、時而暗淡、時而喜樂，又時而傷感的牽引著讀者，走進永遠不可能平行的故事宇宙之中。

推薦序三

# 若要懂得一個時代

張慧如（左轉有書書店負責人）

對於任何社會來說，全面的人文素養，算不算是基礎建設與公共衛生不可或缺的一部分？如果讀過學者黃文鴻的這本小說集《傷逝》，大概能夠見證一個生動的知識份子形象，如何左手執感性之筆，右手攜解剖的刀，出入於文藝與科學之間，在實務也在文化的層面，與當代社會發生更緊密的連結，這便是黃文鴻老師其人其文給我的最大印象。

我在就讀於台大公衛所的時候修了黃老師醫療行銷及醫療政治學的課。在教室中的黃文鴻教授，與過去知道的那位嚴謹又負責政務官很不相同。每當博學深思的黃老師面對論題侃侃而談，無論鼓吹理念或剖析案例，他那獨到視野、宏觀見解每每讓我醍醐灌頂。而課後聚餐的席間，黃老師總是親切溫暖，和同學們閒話家常天南地北，絲毫不因年紀與學識而有什麼隔閡。我們師生的情誼，在我創辦社運書店「左轉有書」後反而更加密切，學貫文理、古今兼修的黃老師比誰都熱愛閱讀，他是我們「左轉」常客，貢獻不少咖啡書籍的銷售。無論是受邀講座、推廣教育，或者只是師生閒談，畢業後我反而與這位長輩互動的更加頻繁。

閱讀這本《傷逝》書稿，我實在難掩驚喜。黃老師除了將畢生奉獻給公共衛生與醫療事業，在研究、產業、公民社會都有許多投入——但真料不到，他還有細膩而感性的書寫技藝！

讀黃老師的「愛情小說」如〈沉情〉、〈旅逝〉、〈緣起．緣滅〉等篇，躍然紙上的，是一位歸國學人多情浪漫之人格。儘管生命匆匆如白駒過隙，但是愛情與友誼留下雪泥鴻爪，異國楓葉下無可忘懷的往事，總是引動無限惆悵感傷。在我驚訝一名科學家對於愛情與人生有如此幽微體悟的時候，我才發現黃老師早年得獎作品同樣受到專業肯定，當年的文學獎比賽中，黃老師舊作可是與朱天文、丁亞民等等名家並列前三！如果黃老師當年持續筆耕，相信今天台灣文壇，必有不可忽視的一席之地。

書中像是〈阿北外傳〉、〈醫者的塑像〉諸篇，黃老師回到自身醫療專業，雖然寫的是台灣醫界藥界的從業故事，但其中也記錄了歷史的變遷、人權的困境，以及悲天憫人的醫者之心。在小說之外，黃老師還能寫人物、寫科普，如〈基礎醫學的孤獨行者——李鎮源〉、〈談阿道斯．赫胥黎〉，老練的散文功力讓筆下主題纖毫畢現。無論是栩栩如生回顧老友的音容笑貌、或者娓娓道來哲人的思想與生平，都讓讀者低迴不已。

黃老師擱筆多年，但本書收錄的近作，情調依舊真摯高雅，可見有些根本事物，從不因歲月而有所移轉。我認識的黃老師，溫文儒雅但嚴肅認真，是我素來景仰的前輩。若要懂得一個時代，得要先懂得在時代中深刻活過的人們——黃老師或許正是台灣民主化年代中，一名典型的醫學界知識份子。公衛人如何在社會理想與文藝謬思之間取得平衡？請讀《傷逝》，必然有所觸動！

導讀

# 黃文鴻的人間行旅

## ——《傷逝》導讀

彭瑞金
前靜宜大學台灣文學系教授、台灣筆會理事長

最早讀到的黃文鴻作品是〈阿北外傳〉，在此之前，我對他過往文學上的豐功偉業一無所知。雖然在接獲這篇投稿時，已經知道黃品蒼是黃文龍醫師的二哥，卻從未聽他提過有個曾是文學青年的兄長。看過這篇稿子，首先出現腦海的是林慶勳教授寫小說。林教授是我的老師，是研究聲韻學的著名學者，退休後也寫起小說，而且很快地第一本小說集《榕樹下》已結集出版。黃品蒼，就是黃文鴻，也是退休教授，我以為他也是退休後才寫小說，事實證明我的臆測有誤。我的誤會來自我對小說的偏見，雖然，閱讀小說是我的文學入口，一輩子也的確很廣泛地閱讀了各色各樣的小說，我仍然相信，小說比較適合有相當人生閱歷的人寫

才寫得出小說味。我不否認這可能只是個人偏見，但再三咀嚼，我還是不欣賞只是說他人故事或者只有滿篇青春囈語的小說。尼采說，吾愛文學以血書者。大部分的人都重視那個血字，認為只能憑藉慘痛人生經歷才能寫出好文學，我比較看重「反省」兩個字，讀小說得看作者對人生的咀嚼能力，也就是淬煉生命況味的本事。客家人有一句罵人老不長進的話，說某人是日頭（太陽）曬老的，意思是虛擲光陰。用這句話的反面看小說，十分受用，不管你一生從事的行業是什麼，當你要把經過的人生歲月寫成小說，一定不是白頭宮女話當年的平鋪直敘。我和黃文鴻教授素昧平生，只是透過這樣的通關密語去解讀他的小說。

文學評論家葉石濤曾經以「紀錄性」（documentary）做為臺灣作家最主要的特質，我雖然沒有這麼寬闊的樂觀看法，卻不得不肯定失去紀錄性價值的文學，剩下的恐怕就不多了。不過，葉老的臺灣作家特質論，可能是為了防範紀錄性被錯誤解讀為流水帳，所以，還加上「地域性」以及「知性」兩個條件。說白話就是寫作的人還要有寫作時空環境的自覺，以及看事務的各人見解。我把它省略為「反省的文學」，不能對自己的人生有所反省的紀錄，記錄了也只是一種紀錄，不是小說，不是文學。引言至此，只是要說明乍讀〈阿北外傳〉，就察覺作者不是志在文學，而是藉文學創作反思他的人生。再讀〈傷逝〉，這樣的想法，也就更為確定。

黃教授是受過完整藥學教育學有專精、又考取公費留學到國外深造回來的學者，以其專業曾在政府部門服務過，也以此專業任教於國立大學至退休，退休後仍以其專長參與醫藥科技公司的研發工作。憑此輝煌的人生經歷，要做怎樣的紀錄，都是輕而易舉的小事。不過，我想黃教授會在退休後拿起筆來寫作，肯定不只是想說自己的故事，選擇文學一定是為了咀嚼人生，而非說故事。收到《傷逝》小說集的全稿，才知道自己的憑空臆測錯的離譜。原來《傷逝》涵蓋了作者接近半世紀的文學成果。他還有一段輝煌的文青歲月，從就讀大學的時候就有文學創作的紀錄，留學美國期間還得過報辦的小說獎，與當代不少知名小說家同榜齊名。不能說他對專業的投注就誤了他的小說創作期程，而是過了五十年，他讓我們見識了歷經人間獄火淬煉半世紀過後的小說家黃文鴻。但這樣說，並不表示我在否定他的文青歲月留下的文學足跡。

《傷逝》可以說是作者的藥學人生總的省思。一九七六年，他參加聯合報小說獎得獎的〈沉情〉，是一篇情傷的傷逝小說，作者從藥學系畢業，服完醫官兵役、考取公費、赴美留學，小說記錄了這樣的人生背景，故事說的是那個時代。故事的主角是抱著鹿橋小說的純情男，他在服役時擔任支援醫官接觸的是八三一當軍妓的女性，五年後和先前赴美的女友重逢，性關念的認知差異，讓純情男深感受傷。這則令人有些傷感的浪漫愛情故事，難免受到當時風尚的影響，辭甚於情，說好聽是文字優美，說實話，虛詞埋沒了小說必要的知性。不過，從〈沉情〉還是看出作者驚人的小說創作天賦，那就是作者在這「初作」中展現的驚人文字續航力。從男女主角的身世、八三一人物、軍中見聞、留學生文化，幾乎是一部大河小說的架構。這恐怕也是中隔半世紀，重新拿起筆來依然犀利的原因。和〈沉情〉相同創作背景、都是留學期間寫的還有〈旅逝〉、〈醫者的塑像〉及〈醫門〉。

〈醫者的塑像〉容後再述，〈醫門〉是臺灣社會舊時的黯黑事件，不過，該文撰寫的時空背景卻是現在進行式，和醫療事件無關的第三者，藉屍勒索斂財、以及醫門本身的黑幕。本篇展現的是溫和批判知性寫作，是一大特點。〈旅逝〉的背景是留學的美國，陪友人開車長途跋涉，探望女友的旅遊遇上大雪，邂逅了來自愛沙尼亞的老婦人，近而認識了這個只在地理課本上認識的波羅的海三小國被殖民統治的慘痛歷史。本篇隱約透露了同樣被殖民統治國家人民的深層心靈感應，當然更想不到，事隔四十五年後，臺灣和另一個波海邊的小國立陶宛結為國際夥伴，攜手抵抗強權。這篇小說透過人性的本質不分畛域心靈相通，但也輕聲感嘆，同文同種，甚至同床，也可能是心靈陌路。

《傷逝》收錄的十篇作品，雖然取名為小說集，但〈基礎醫學的孤獨行者——李鎮源〉和〈談阿道斯．赫胥黎〉兩篇，都是實人實事的傳記，不是虛構的故事。當了一輩子文學教師，我對文學的定義愈來愈感疑惑，不是先弄清楚詩的定義才能寫出好詩，同樣的，小說家寫出好小說，也不是遵從定義可以寫出來的。相反地，「職業」小說家不是都在尋求形式的變化以突破創新嗎？英文裡的story與novel都被譯成小說，其實都是在說故事，只是有些故事是fiction，有些是nonfiction，即使虛構非虛構分清楚了、或分不清楚，又能如何？不是小說之所以成為小說，不就是虛實相間嗎？作者是自然科學領域的學者，但飽讀東西方世界的文學作品，一九七〇年代的作品在文學獎奪標，文學創作於他不只是青春年華偶然燃起的熱情，在專業領域領域屆齡退休之後重新提筆寫作，文學顯然是他生命裡最被珍攝的典藏。這種展示，既不需要在意形式，更沒有規範可以拘束，唯一在意的，只是足夠真實的展露。所以，一般的讀者可能已經或從來不知道李鎮源是誰？作者在說李鎮源故事的年代，李鎮源是罕為外界所知的、基礎醫學研究實驗室裡冷僻的蛇毒研究學者。更何況在一九九〇年代，解嚴後政黨蠭起年代，他以中研院院士之尊參加建國黨創黨的逸事。作此文時年紀尚輕的作者，以「孤獨行者」形容李鎮源，不僅為李鎮源的科學研究成就抱屈，也在為李鎮源的科學家定位塑像，展現了不凡的觀察能力。

另外一篇真人故事寫阿道斯・赫胥黎。在這科幻小說充斥的時代，顯然鮮少人會再注意到赫胥黎《美麗新世界》的寓言意義。赫胥黎的祖父湯默斯・赫胥黎是著名的生物學家，外祖父馬修・阿諾德是著名的詩人也是評論家，赫胥黎沒有辜負血脈中生物學家和文學家的雙重遺傳基因，寫出這部劃時代的寓言小說。赫胥黎是苦悶的戒嚴時代許多具改革意識的文學青年的心情出口，對懷有文學憧憬的藥學系學生而言，無疑更是普遍心儀的偶像。李、赫兩位現實人物的故事，時間空間的感覺不一樣，一個在臺大校園裡、甚至課堂上就可以親炙，另一個則存在著時空距離的美感，但同樣映照在一個科學研究和文學夢想正要起步的年輕人身上，呈現的是自己的人生構圖。我雖然無法確定作者把這兩篇文章放在小說集裡，是否意味著文體顛覆的意圖。但從《傷逝》共同的聚焦說有反省意義的故事而言，並不突兀。

另一篇〈醫者的塑像〉，也是留學時期的作品，與前面兩篇傳記不同的是，它是虛構人物的傳記。傳主高老醫師是仁醫，小說以一個預備從醫的年輕學子去看前輩們，強烈的對比。有人當醫生是為了生財，把醫院當商店，鄙夷哲學、文學、音樂、美術。有人學醫是嚮往史懷哲，行醫救人還有琴棋書畫一面的自己人生。作者雖然狀似在為高醫師塑像，更像是宣達自己的人生選擇。三篇人物傳各有主題，作者都在傳達自己人生關鍵時刻的選擇。

《傷逝》餘外的四篇作品：〈傷逝〉、〈阿北外傳〉、〈告別式〉及〈緣起．緣滅〉，都是作者二〇一六年從陽明大學教職退休後的作品，只有前兩篇在《文學台灣》發表過。乍讀〈阿北外傳〉，就令人驚艷一定是人間行走經驗豐富的人生老江湖才寫得出來的作品，及至理清作者的身份背景，才發現這些作品雜揉了他的求學、服役、留學、任公職、任大學教職，以及大學教授退休後參與企業研發、經營，一生經驗總和幻化的文學。但是十篇作品，沒有一篇是可以稱為和作者實際人生經歷連結的自傳性私小說。這裡不妨回味一下葉老的臺灣作家特質論，綜括《傷逝》裡臺灣人經驗的紀錄性之外，不僅時代背景、故事發生空間的註記明確，幾乎都以第三人稱（旁觀者）立場，保持客觀立場的發言。這就是說已為作品的批評性，葉老所說的知性，留下伏筆。除了以愛情故事包裝的作品，一旦涉及人的批判，一律以「本文內容情節與人物均屬虛構，如有雷同，純屬巧合。」不一定要以「此地無銀三百兩」的逆向思考看待這項聲明，但為求謹慎避免有人對號入座引發意外的喧擾，卻透露出事有蹊蹺，為什麼不是所有的人物故事不做這樣的註記？豈不正意味這些虛構故事，正是如假包換的人間真實？這裡不做作品內容考據，也無意玩弄語意辨證的文字遊戲，只是想拆解作品利用文字包裝內裡的真實。這些加標註解的小說，有著無比的人間真實，有些內容、人名、情節，雖然不是按小說的安排進行，故事都是經過作者嫁接，不是也不可能是人間原版的真實。但小說的每一個部位，都像黃金打造的神尊，每一片黃金來源不同，但都全身都是金的，都是真的。打造這些作品的材料，都取自一九七〇到二〇二〇年代的臺灣現實，和作者的學涯、職涯經歷幾乎完全吻合，說〈傷逝〉等四篇作品，是作者行走人間的見證辭，也是十分貼切。

這四篇近作，有很多都是作者職涯專業領域的奧義，我能解讀的只是閱讀報章雜誌類似的皮毛，這裡不敢強作解人。贅語有二，一是〈緣起．緣滅〉和作者的「紀錄性」相關最少，好像八點檔連續劇的劇本，不知作者是否在此預示了下一階段的寫作方向？一是〈傷逝〉是我這個年紀的人讀起來最有感覺的一篇作品，不知作者是否也有同感，才以此為書名。〈傷逝〉記錄了殖民主義統治、切割治理對人民的傷害，不同族群或移民時序不同的族群，被政治性的切割、分化，造成歧視、猜忌、仇恨，甚至延續到下一代的國家認同、婚媾、交誼、產業經營、企業合作的障礙。原來是一對合適對象的戀人，因殖民統治擴散的封建意識作祟，分開半個地球、直到半個世紀後，因封建意識的代表人火化歸天後，二人才得再續前緣，離別前的一夜情，也因女主角隱瞞了癌末病情，分別不久之後病歿，半世紀的繫念也成了斷弦。「傷逝」的雙重寓意——歲月的流逝和伊人的去世，傷痛自然也是雙倍的。沒有明確指陳對象造成的傷痛，才是永恆的痛，誰或又如何向殖民統治者討回歷史的公道？

# 自序

《傷逝》收載的作品橫跨半個世紀以上，除大學畢業前在《台大藥刊》登載的阿道斯·赫胥黎（Aldous Huxley）介紹外，第一篇小說〈沉情〉是一九七六年於美國留學時期應徵《聯合報》第一屆小說獎的第三名得獎作品，那屆小說獎短篇小說首獎從缺，第二獎是丁亞民的〈冬祭〉與蔣曉雲的〈掉傘天〉，我的〈沉情〉與朱天文〈喬太守新記〉併列第三名。之後，留美期間，連續寫了三篇短篇小說：〈醫者的塑像〉、〈醫門〉及〈旅逝〉。我於一九七八年底學成回台之後，從事公職十五年，忙於審批公文等公務，此期間只有應復刊的《文星》雜誌總編輯林今開先生之邀，撰寫的一〇四期復刊第六號的《文星》雜誌封面故事：〈基礎醫學的孤獨行者——李鎮源〉，撰述他寂寞的蛇毒之旅。

我於一九九四離開公職，轉任陽明大學專任教職，一直到二〇一六年屆齡退休後才重新提筆創作，〈阿北外傳〉發表於二〇二三年夏季號的《文學台灣》，〈傷逝〉發表於二〇二三年秋季號《文學台灣》，本書收載者只有〈告別式〉與〈緣起．緣滅〉為未發表的作品。

我們這個戰後出生的世代，成長過程經歷過台灣經濟發展與起飛的階段，也逢上台灣在國際政治舞台上，外交上節節敗退，從喪失聯合國國席位、主要國家法國、加拿大、日本、沙烏地阿拉伯等國陸續斷交到一九七八年美國與中華人民共和國建交。最近三十年則面臨中國六四天安門事件後，極力發展經濟與改革，台灣製造廠商大量外移，促進中國變身為世界製造工廠與第二大經濟體。台灣彷彿像大海中漂泊的一葉扁舟，航向難以預測的途站。所幸老天有眼，島上歷任政府與人民的努力，逐漸形成混亂世局中美麗良善的新興民主國家。

二十世紀末期，網路無遠弗屆的年代以前，世界與台灣社會整體相對都是比較封閉的。男女間的關係沿襲傳統模式居多，社會開化過程，當然也有許多離經叛道的事件，但整體社會的相對穩定性，變動幅度還是比較小；男女的交往相對也比較單純；另一方面，民智開放、威權統治漸次鬆綁以致解體，多元化相互衝撞矛盾的價值，讓台灣社會的穩定性受到一定的衝擊，並擴散到政治、經濟、社會與文化領域。

英國文學家查爾斯．狄更斯名著《雙城記》的名言：

這是最好的時代，也是最壞的時代
這是有智慧的年代，也是有愚蠢的時代
這是信仰的時代，也是懷疑的時代
這是光明的季節，也是黑暗的季節
這是希望的春天，也是絕望的冬天
我們甚麼都有，也甚麼都沒有
我們正走向天堂之路，也正走向地獄之路

我從狄更斯上述名言的各面向，直接間接反映在我各篇小說裡的人物與情節的形塑。小說中的人物，是我成長、就學、海外留學以迄職場生涯過程曾交往、互動的經驗，也有許多是職場生涯過程眼觀耳聞的人、事、物。小說構思的情節與人物，虛虛實實本就是小說創作的本質，也可能許多人物、情節都曾出現在我們的生活周圈，當然喜怒哀樂無從迴避。〈傷逝〉裡的人、事、物隨著年歲的增長，早期的作品反映年輕不解人間哀愁的歲月，到近期以往生者為主要小說人物及情節，或許是跟我自己已超過七十從心所欲的年歲有關。活到這個年歲，不時就會耳聞或從新聞報導得知同世代前後那些人走了的訊息，近期更常目睹到的是比我自己年輕的世代去逝的訊息。

我這個世代成長的過程，除日常相處外，電話與書信來往是最主要的媒介；長途電話尤其是越洋電話不是日常生活中的常態，除賀卡外，最近一次親筆寫長信，至少也是十幾二十年以上的事情。智慧型手機問世後，我也很少用Blog、Twitter、Instagram與臉書，簡訊與Line是主要溝通的媒介。人與人間的距離，雖即時可及，但就是缺少信箋來往時，收到家人、摯友與女友來信那霎那間的喜悅。

整理舊時文件時，最多的是早年留美期間的家書。金門外島預官時期一年半載的歲月，因曾擔任金門戰鬥營支援醫官的緣故，認識不少年輕的大學生男女，也是我預官退伍到考上公費出國留學期間的重要回憶。書信來往是主體，每當重睹紙上端正秀麗的信箋內容時，也會為年少輕狂，不解人間喜怒哀愁而啞然失笑。

我見過不少歷經要職、見過大風大浪的公眾人物，或以回憶錄，或以個人傳記，或以不同的敘事方式為自身留下紀錄，世俗說法就是刷其存在感。這本小說集，也算是我邁進七十從心所欲的年歲，懷念以往交往的友人，我在小說中不僅一次以「親近與否」的四個象限，詮釋人與人間「又親又近」、「親而不近」、「近而不親」、「不親不近」等四種關係。小說中的人、事、物虛實之間，呈現在我的創作中，或栩栩如生，或難解其意，都是我曾經認真觀察與相處過的經驗，當然可能不乏個人的身影。

我有幸出生在台灣，成長經歷過這七十多年來台灣、中國以及世界的劇變。成長過程中，無論求學過程、職場經驗與婚姻家都受到父母家人庇蔭與長官同仁厚待，心中只有感激，沒有任何怨懟。小說集的人、事、物，所呈現者也是對於我生命歷程中，許多值得懷念事情的虛實想像之實現。重整舊文閱讀〈旅逝〉中威斯康辛州陌地生城旅店中遇到雷渡拿女士，一位愛沙尼亞流亡美國的菁英，時間停滯在一九七八年，離蘇聯解體的一九九〇年還有十二年，再想到當今波羅的海三小國對台灣民主道義上的支持，心理仍然有相當的震撼。沒料到留美期間對這三小國家被蘇聯併吞的史實，呈現在我撰寫的小說中，三十年後竟是另外一番景象。

小說創作中人、事、物的撰寫，本就虛虛實實，多少有我這世代成長過程的身影，想像成分居多，生活細節當然來自平日的觀察與體驗，祈望讀者以閱讀人間百樣生態經歷想像的方式看待，是我衷心的祈望。感謝彭瑞金教授撰寫的導讀、以及和信治癌中心醫院黃達夫院長與陳昭姿主任、臺灣勞工陣線孫友聯秘書長與左轉有書負責人張慧如的專文推薦，以及王家軒在編輯工作上的協助。最後，感謝我超過半世紀以來的摯友李青茂先生的支持，使這本小說集得以出版。

# 沉情

本文榮獲民國六十五年《聯合報》第一屆小說獎第三名。當年第一名從缺，第二名為丁亞民、蔣曉雲並列；第三名為黃文鴻、朱天心並列。

生緣何在，被無情造化，推移萬態。
縱儘力難與分疏，更有何閒心為之偢倸。
百計思量，且交付天風吹籟。
到鴻溝割後，楚漢局終，誰為疆界。

——王船山

# 一

這陣雪花，大概是冬季之後唯一的餘韻吧！

週日的清晨，街道上見不著一絲人影，偶爾有幾輛車子緩駛過恍若微雨後的馬路，早春的青草畔逐漸積著一層薄薄的雪紗。

現在多想回復到白雪皓瑩的冬季，冰天雪地的日子。

林逸風望斷窗外的雪花陣陣，思緒不知飄渺於何方。輕若棉絮的雪花，悠悠然落著，也偶有一、二陣節奏甚急者，爭先恐後地往下衝，落地即溶。

「我們的邂逅似乎純屬偶然，然而，這也許是命中註定。如今，我想走了。」

三月底從西海岸舊金山回來後，祇給雅卿去了這麼一封短箋。

年底那陣，兩人在中國城的一家書店裡，找到一本鹿橋的《懺情錄》時，當時林逸風指給雅卿這段文字，兩人那時傳神地笑了。

沒想到竟是這樣的結局。

一個多月來渺無音訊，這倔強的女孩子；其實也不是女孩子了，二十九歲的女人。林逸風嘴角有股淒涼。

那回離開舊金山時，兩人倚在屋前臺階等雅卿的朋友開車來接她去機場。沉默許久，雅卿側過頭來，在他唇上輕輕一吻：

「回去後少胡思亂想，我們都有太多的事要做，不要再說我們完了該走了，那種話。」

林逸風在黯淡的臺階前將雅卿擁人懷裡，兩人還是沒說什麼話。

街角有輛車，燈轉向他們的方向，雅卿稍掙脫他的懷抱，理了下髮梢：「玉湘的車子來了。」

## 二

整個春季裡，林逸風魂不守舍地在這中西部的校園裡四處奔忙，跟指導教授做的兩個研究計畫毫無進展。春天一到，畏縮了整個冰寒冬天的樹枝，剎那間生氣蓬勃起來；而他每想到西岸的雅卿就心緒紊亂。

「事情不得不這樣結束。」

來到美國的第一個暑假裡和雅卿相逢的。五年的異國生涯沒在她稚氣的臉孔添上多少痕跡，嘴角那抹很淺的渦痕依然如昔，談起話來，還是當年的風采。衹有那回清晨，林逸風陪著她到實驗室，跟在她後頭，見她低頭沉思，兩肩顯得單簿時，突然知覺到雅卿走起路來已無當年的自信。

「很高興你沒走上實驗室的路。」五年違別，林逸風仍記得兩人見面時的第一句話。可是當年雅卿簡直逼著他跟她的路子走。

雅卿那年走時，林逸風溜了一上午的課去機場送她，握著她的手時兩人木然許久。雅卿年邁的父親對著將遠行的獨生女，已激動得老淚縱橫；而她衹淡淡地講了聲：

「爸我走了。」

她攏頭昂首的那瞬間，以及走向出境室的神態，林逸風怎麼也忘不了。

「五年來，我父親衹給我寫過兩封信，都很短，不過我能夠瞭解他半夜提筆時的心情。或許我像我父親不善於表達自己的感情，像鄭立信，和他交往了四年，始終都熱不起來。很好的男孩子，雖然，靜了些。我自己也想過，如果要走研究的路，找個和自己工作環境相近的先生較單純，可是事情就是這樣子，大概要喜歡一個人並不那麼容易，我有點被自己對你的感情嚇了一跳——。」

雅卿，該來的就會來，留不住的就讓它去。

窗外的雪花依然無聲無息的下降，像聖誕節時的夢，林逸風老遠飛到西岸去探望雅卿，兩人那時能夠在床上喂喂細語大半夜。

然而，現在都不存在了。

或許事情從開始就錯了。幾年音訊全斷無聲無息也就罷了，偏偏不遠千里飛到舊金山去，更沒想到雅卿竟然和來往了四年的男朋友吹了。暑假時兩人像瘋了一樣天天蕩到深夜才回到雅卿的住處。臨走的前夕，林逸風不禁吻了她——。

之後，他滿腦昏熱不知從何說起。兩人之間僵得很尷尬，雅卿裸著肩背對著他。

「你是第一次。」

「嗯。」

「我是第二次，一個日本人，我從沒期望過他娶我，所以，你也不必覺得有什麼義務。」

林逸風楞在床頭許久，側過身子扳了扳雅卿的肩膀，想將她擁入懷裡。

雅卿沒什麼反應。

「我想睡了。」

她聳動了一下把頭埋進棉被的那端。

「雅卿，聽我說，如果說我一點都不在乎，那我是在欺騙自己，過去的事就讓它過去，在我能理解的範圍內，我會嘗試忘懷。記著我們還有很久的路要走。」

林逸風走時，心理上空蕩蕩的。握著雅卿的手，誠摯地向她許下這個允諾。

這女孩絕不輕易掉淚，林逸風從她淚光一閃的剎那，知道那時刻雅卿對他的倚賴有多深。

## 三

這中西部的小城開始飄雪之際，樹葉已脫落得差不多了。

兩人間的長途電話費，直線上升，每次雅卿都會說不該這樣子打電話去，多寫信。但她不是個喜歡寫信的女孩子，林逸風的信一到，當晚電話鈴聲就響起來。

林逸風每每用這樣的比方，向雅卿形容兩人間的事：兩個人走的路就像兩條線，彼此都想依著自己的方向，同時又盼望這兩條線能自然合而為一；如果這條路行不通，另外一個方法是先合而為一，伴行過一段時候，兩條相輔相成的路，自然開展出來。

但感情方面的事，絕不這麼單純。

即使兩人百般嘗試互相適應對方，在電話裡還會引起爭執，最後都在彼此容忍的情形下淡釋了。雅卿比林逸風年長二歲，拿到博士後繼續在研究，最近一陣到處猛找房子，想把移民到日本去的雙親接到美國終老。而林逸風才到美國年餘，學業還有一大段，什麼都不敢想。雅卿曾問他當她不講理時，為什麼林逸風語氣還是那樣溫和。

「我說過我不會對妳發脾氣。」

每次林逸風都這樣回答，私底下的感覺是雅卿比他大，他不想對一個年紀比自己大的女人發脾氣。

雅卿有一回對林逸風說：

「知不知道，你是我唯一想過結婚後不會離婚的男孩子。」

然而，兩人之間的裂痕在暗影無聲中逐漸擴大。

在海外的華人聚會，三言兩語與之後，就會扯到政治上去，似乎在外國的華人比在島內的更多牢騷。有時林逸風聽不下去，會起而激辯一番，有一次在雅卿朋友家一群人鬧得不歡而散。

回來後，在雅卿的房裡，她出奇的沉默。

黑暗中，兩人平躺在床上，林逸風什麼話也沒說。

「我們之間有個很大的障礙，你回台灣的心很堅決。我總覺得你把世上的事想得太美，有時想這樣也好，堅持自己的理想一直衝過去或許你會成功。像我就覺得好不容易適應這環境，等到有點成就再回去。」

林逸風燃起一支香菸，黑暗中祇有菸頭一點亮著。在很遙遠的黑夜哩，碉堡裡的昏黃燈光就像懸在空中的燈籠，而在他住居的碉堡裡，他喜將燈滅熄，留著香菸的螢光相伴。

「逸風，我會想回台灣去，但不是最近幾年。」

秦胖子有一次查哨走過林逸風碉堡時，被那點螢光嚇掉半條魂。

雅卿見林逸風不搭腔也跟著沉默下來。

好一陣子，雅卿移過身子偎在林逸風身上，房裡有點熱，雅卿的鼻息暖呼呼地吹在他頸項間，林逸風挪出左手環到她背部，嘆了一口氣：

「雅卿，我祇能說在感情上我絕不會虧待妳，其他的我不敢輕言允諾。」

「感情那麼重要嗎？」

「那麼妳說該是什麼樣子？」

「感情不是絕對的東西，逸風，你把婚姻看得太重，以為每個家庭都像你家那麼美滿，我告訴過你，我印象中像我父母親那樣的怨偶到處都是。」

「妳以為我們之間的感情還不夠？」

「我當然知道你很誠摯，可是我還有點猶豫，我不知道以後的日子會是怎樣，我真的沒把握，如果說這表示感情還不夠，我也祇好這樣想了……」

「告訴妳一件事，不管將來怎麼樣，要結婚時永遠把感情放在第一位。」

「嗯，我喜歡聽你這樣說。」

「老實講，我很擔心妳走上妳父母的路——。」

「我才不要像我母親那樣，委屈求全，合不來離婚算了，何必背著那麼大的十字架。」

「孩子呢？」

「我就是不要有孩子。」

林逸風沒再吭聲，猛吸兩口香烟。又是許久的一陣沉寂——。

「我實在沒有辦法瞭解，為什麼非回去不可，在這裡不是一樣活得好好的，而且自在多了。」

林逸風沒說什麼，將手中的菸熄了，緊緊地抱住雅卿。

室內是一片幽暗。

# 四

暮春之際，在金門依舊是霧濛濛的季節。

碉堡後方的麥田裡已是黃橙橙的一片，海風吹來麥浪起伏中，夾著輕巧的麥穗聲。每天早餐後的時光，林逸風喜愛站立風頭，趁日暖霧散的輕煙裡，獨自沉思一陣。

擴音機的聲音從風的一頭傳來：

「衛補室林少尉請馬上到組長室來，組長有請。」

走過門診部，那群老士官聚在救護車旁準備出發巡迴醫療。

「林少尉，孫醫官有個盲腸炎的急診，可能要開刀，今晨的巡迴醫療請你代替一下。」

林逸風皺皺眉頸，走回寢室拿過帽子走向救護車。

「好啦，好啦，林少尉來了，出發吧！」

除了護理人員外，還有二、三個獨身的老士官魚貫上車。每星期三次的巡迴醫療是這戰地醫院的作業之一，對象是軍中樂園的服務生和休假中心的官兵。

「月初官餉囉！趕今兒探我那老相好去！」「大帥」眉飛色舞地嚷著。

「看你就是憋不住，上星期六才去溫存過——」

「哎呀，像俺這廝光棍一條，那趕得上你們有眷探的，每三、四個月可回家抱抱老婆，我的家呀——」

「我的家——在山的那一邊——何況俺這把年紀也不像少尉們，還有十八姑娘一朵花兩地相思，訴呀訴衷情——」

救護車是大戰時的產物，一上道後即使走在平坦的水泥路上，仍然吱啊作響。後座的老士官們早已嘻嚷起來。

昨天來的運補船已經返航，遠處天涯一線之際，船影依稀可辨。陽光撒在海洋閃爍著片片金箔。

林逸風遠眺海洋盡頭，大帥的手猛一把抓住他肩膀：

「我說的沒錯吧，醫官，昨兒我在郵局碰見你拿著兩封信，前夜我兩點起來帶班時，你碉堡裡的燈還亮著哩。鐵是給女朋友的！」

「那是我乾妹妹和同學。」

「算那門子乾妹妹！澆澆水不就變濕的了。男人和女人，說穿了還不是那麼一回事——喂！紅番鄉巴老，你酒醒了沒有，可不要醉酒撒賴在姑娘床上呵！」

程之琰到美國半年多，就訂婚了。前幾天的來信除告訴林逸風喜訊外，還提起莊倩玲六月底要結婚的消息，對象就是李孝仁。

程之琰的選擇很容易理解，所以林逸風並不訝異，在陌生的環境裡尋求著根的方法，莫過於和一個生長於遙遠家園的人共同建立一個小天地。有人在鄉愁寂寞時相扶持，這也是生存的一種手段，倒是倩玲的事有點意外。

細思之下，也該是這樣的結局，祇是竟然悄無聲息——。

「倩玲，將來找到妳的白馬王子，可不要把我這乾哥哥置之腦後。」

「放你一百二十個心啦！那管你在金門或馬祖，喜糖少不了你的一份。」

公路兩旁的木麻黃，像台灣南部鄉下的景象，往前延伸，似是伸向無禁止的一端。

「醫官來啦！」

年邁的管理員扯開喉嚨叫喊。幾列水泥平房，圍成個ㄩ字型。庭園栽著幾株玫瑰，枝葉繁茂的尤加利樹散立庭院周處。一間間的房間，紗窗上掩著花色的布幕，門很少帶上，接客時就將紗門由裡頭扣上。病歷表上寫著服務生的名字，但泰半時候她們已習慣以號碼代稱。

每次，都是那張削瘦的臉頰最先出現，略為蒼黃而不帶血色，紅色的上衣不論時節地抱在身上。

「醫官，我頭又疼了，吃東西就吐，心肝頭就窄悶悶，很難過。」

她俯近林逸風身邊的醫療箱，動手翻尋她的藥品，一陣粗淺的香飄進他的鼻子。

「有沒有那種金紅色的胃藥，上次那些白的又大又不好吃，沒什麼效果。」又有一隻手伸過來，跟著亂翻一陣。手指頭那丹朱豔得嚇人，是四號：

「我要油質的配尼西林，油質的才有效。」

不頂寬敞的客廳，四、五位女郎一來，鶯飛燕舞，就熱鬧起來了。配尼西林，一百二十萬單位，一百五十萬單位。

氯四環素，八顆，每六小時吃一次——。

「八顆那裡有效，我一次都吃兩顆。」

伸手一抓，又是十二顆。林逸風一把按住她的手。

「哎呀！才十二顆嘛，別那麼小氣。」

「林少尉，就給她好了。」護理室的單班長說了一句話。

林逸風瞪了她一眼，好氣沒氣的鬆了手問道：

「幾號？」

班長把她的病歷表遞過來，六號，頭也不抬就忙著記錄藥品的消耗數量。

「兩顆？就是四顆也不見得有效。一掉進這圈子，遲早和淋菌結上半生緣！」

島上半年多的日子，已習慣在這地方來來去去。剛來那陣，對巡迴醫療這差事委實老大不願意。雖有幾分好奇，最怕是在這裡走多了，染上不清不白的暗疾，那跳進海峽也洗不清。一塊酒精棉花永遠在手上搓著。日子一久，對這環境的防禦性漸低，也跟著和她們熟稔起來，偶爾也開上幾句玩笑。

然而，這裡的女人實在是人間的異數。燕瘦環肥，多數都談不上姿色。

更使林逸風訝異的是她們坦白、自然，絲毫不帶虛偽的態度，有時他會被一些意外的問題窘得臉上發赤。

「大帥！大帥！進了女人窩就把什麼事都忘了。再不來，就不等他了。」

駕駛老周等久了不耐煩，就咕嚕起來，廣東腔的國語，常聽不清他到底在埋怨什麼。

「來囉！來囉！甭急嘛，俺這不是來了嗎？」

「那六號呀！在這地方已待了六、七年。人家當初和她一道的，十有六、七都已經從良嫁人了；沒從良的也都有點積蓄，像她么妹，過年時回臺灣在松山附近買了一棟二層樓房，那裡像她還欠了一屁股債。」

大帥一上車又發起他的路邊消息。

「去年我們剛來時，不是聽說有位退伍的中尉要娶她；那時，債好像不多，還都要還清了，最後又變了卦。」

「她呀！就是好賭。還不是那陣子又手癢，把那位中尉準備替她還債的一筆退休金送給財神爺了。這還行嗎？人家幹了幾十年行伍，就那麼一下子把那筆錢賭掉一大半，老子再有錢也不幹這種傻事！」

「俺退伍後，鐵把那筆退休金全數領出來。有二十多年沒摸過這麼一大筆錢，然後到東部買塊土地，田也好，小生意也好，反正，光桿兒一條無牽無累。」

紅番鄉巴老聽他吹了老半天，譏了大帥一句：

「算了，算了，大帥！你少臭美，天知道你的錢存得了幾天？」

「哎，你們諸位有所不知，這錢呀！存著要發霉的。你們看我吳大帥哪天不是把錢拿出來曬曬太陽，可是風一吹，全又光了。」

「什麼風，是賭風罷！」不知是誰幽他一默。這兩句話把全車的人逗得笑了。太陽有那麼好，還管得上曬錢哩。

# 五

畢業那年的七月，鳳山的太陽興致正高，天天露出一張笑臉。連續幾個星期下來，陽光把白蒼蒼的臉孔塗上一層亮黑，祇留下眼鏡那股斯文氣。直立野陽下，浴身汗跡裡的日子，磨得這些預官瞭解生活的另一層面。

有人嚷著早知道受這種訓練，還拚什麼老命考試，當個大頭兵，三星期就下部隊，多輕鬆。林逸風吃過早餐後，就跑到營房門口的會客室等莊倩玲，昨晚接到她的限時信說星期假日南來探視他。

藥學系裡那麼多女孩子，林逸風祇和莊倩玲、程之琰較有來往。林逸風和莊倩玲的事，程之琰比誰都清楚。大一時，為了和電機系郊遊的事，兩人搞得很不愉快，冷戰了幾乎一學期。林逸風倒乾脆，把大部分的時間花在球枱上和去中文系旁聽。就是那時候認識了李彥、小朱一群人。

幾個人常在校園中四處溜搭，即地清談。這世界也真窄，小朱和莊倩玲竟然是初中同學，為了郊遊的事，一直怪林逸風脾氣做臭，不肯向女孩子低頭道歉。有一回小朱到實驗室來找莊倩玲，和林逸風也扯了進去。扯呀扯地，扯到林逸風較莊倩玲多吃三個月白米，林逸風遂衝著莊倩玲認親。

「好啊！你這乾哥哥拿什麼見面禮來。」莊倩玲手伸得好長。

當下，騎著鐵馬到福利社買了一大堆雪糕三明治、牛奶糖，公開認起親來。熟起來後，兩人常在實驗室嘻嘻哈哈，儘管別人覺得很奇怪，莊倩玲倒也不在乎，天天吵著要認乾嫂子。林逸風那陣子很迷李彥，可是李彥老是若即若離，三年下來兩人像放風箏，愈放愈遠，到頭來給別人牽走了。

看到莊倩玲走向會客室來，林逸風幾步路跑到她面前，那女訪客先是楞了一楞，接著就抱著肚子跳起來：

「哈！你這頭髮真絕，活像你形容的馬桶蓋！」

會客室附近的人都側目而視，莊倩玲還是視若無睹向他撒賴。在實驗室哩，許多同學也常這樣看她。

「怎麼？又半途而廢了。」

「氣死人了，結晶老是析不出，好不容易有粒狀結晶出現，卻又是黃濁濁的一堆。」

「慢慢來嘛，加熱的時間不能縮短，要整整三小時。」

「管它的，不做了，林逸風，你給我仔細做，留一份結晶給我！」

「妳這樣就走，不行的啦！」

「我的好哥哥，幫點忙救救人嘛！反正你一個人還不是要等上三個鐘頭的攪拌加熱，然後過濾，然後冷卻，結晶不就出來了。」她說得簡單輕鬆，但扮個鬼臉就從門前溜了。

一離開衛武營大門口，莊倩玲就顯得心事重重，剛見面那股撒賴勁已了無蹤影，雀斑點點的稚氣臉上眉頭鎖得緊緊地。

林逸風有點心疼。進社會不到兩個月，怎麼變得這麼糟。

整個上午談的盡是系裡同學的近況，程之琰申請到美國南部一家大學獎學金，八月底要走了；胖胖矮小的劉媚儀已到內布拉斯加州一家比台大還小的學校等等。走的走了，留下來的工作大抵就緒，到醫院當藥師或到藥廠上班。

「之琰說她快走了，想在走前和你聚聚？」

莊倩玲，妳葫蘆裡悶著什麼藥？欲言又止，僅僅為敘舊遠道南來。

林逸風很想直問她，可是一看到她眉頭深鎖，委實也提不出話題。莊倩玲不是這種耍心機的人，林逸風常笑她一條腸子通到底——。

「哎！學生時代多好，什麼煩惱也沒有。一離開學校，什麼事都來了。像你還好，有兩年的兵役緩衝，又可練練身體？然後呢？你這『蒙古大夫』有什麼打算。」

「很難說，這兩年不知道在那裡過，我一直有種預感會抽到金馬獎，唸國立大學，花國家錢最多，或許真該到外島走走。」

「其實，金門也很不錯，離開這裡換換生活味道，總比我悶在臺北好上許多。」

「說真的，倩玲，妳今天來有什麼事？看妳滿腹心思不像從前。說出來，我這當哥哥的除了身子現在是國家的不能逃兵外，能解決的我都幫妳接下來，總不會又是結晶析不出來罷！」

林逸風想逗逗她開朗些，莊倩玲望了他一眼，低下頭來：

「沒什麼，昨兒跟一位從美國回來的朋友談得不開心，今兒一早趕華航班機南來，精神不很好。對了，我上星期在機場碰見李彥，她說去送未婚夫赴美。」

李彥早已是一縷消失的神話了。

「喔呵！我知道了，其非是妳那位青梅竹馬從美國找上門來了。」

莊倩玲有點意外他腦子轉得這麼快。

「你怎麼知道，是之琰寫信說的？」

「用得著她通風報信，妳臉上寫的清清楚楚。來！打開天窗說亮話，把妳的煩惱說來聽聽。」

「其實也沒什麼，幾年不見許多話題談起來都很離譜，李家伯母好像看準了我是他們家媳婦一樣，殷勤得有點受不了；家裡嘛，爸爸倒沒什麼意見，祇說過些時候看看，媽媽壓根兒反對我和他來往。其實幾年不見也不那麼輕易就可談到這方面去，林逸風，你是男孩子，比較瞭解男孩子的想法，幫趕緊幫我想個法子，我自己一點兒主見也沒有。再這樣下去，我簡直要瘋了。」

「這樣罷，李孝仁這趟回來是長住呢還是短留？」

「你知道他大學是在美國唸的，這次回來得當完兵才走，預官當然考不上，等著十月入伍當大頭兵。」

「那事情好辦，無妨繼續來往一陣，下個月上台北替程之琰送行時，我幫妳看看。不過，把握住一個原則：暫時不論婚嫁。據我推想：李家伯母希望在他入伍前有個安排——」

「林逸風，你簡直是鬼精靈，怎麼連這點都想到了。」

「不要忘了，小朱就是這樣喊我。別的不敢說，這種當兵心理學，我摸得一清二楚，誰不想抓面風箏放，否則就像我一無牽掛；當兵兩年怕的是女孩子變卦，也難怪李家急著想安排這門親事。」

「林逸風，你是認真想過這回事，還是壓根兒沒打算過。」

「記得我跟妳談過風箏哲學，妳最清楚了，離開學校前那些若有若無的風箏搖擺不定，不如都給放了，何況這兩年要漂泊到什麼地方也很難說。臺灣海峽的季風太強，風箏放得這麼遠，線不斷才怪。」

「不要對女孩子的感情這麼沒信心好不好？」莊倩玲很不服氣。

「這不是信心不信心的問題。如果兩人有很深的交往，兩年是很好的考驗。若是怕當兵寂寞，想抓個人解悶，這和要淹死的人掙扎著想攀根浮木，我看沒有兩樣。一個人在風向未定之前，不該作這種嘗試。」

「夠了，夠了，你這種酸臭哲學——。」

坐在車廂裡的莊倩玲，臉色顯得蒼白，低頭沉思許久，猛地擡起頭來，手貼著車窗玻璃，那表情好似下了什麼決心，可是眼神隨即低了下來。林逸風手掌對著她的手，隔著一層玻璃停了一陣，不由自主地把收縮回來。幾年嘻嘻哈哈相處，她的眼神這時候看起來竟是如此遙遠。

# 六

車子停在小徑上，入口的圍牆上寫著「服務三軍」四個大字。

這趟「大帥」不待管理員開口，就先扯開嗓子嚷道：「醫官來啦！」

這天是駐軍守備區的輪休日，又是月初，小小的庭院，阿兵哥三兩成群，蠻熱鬧的。老士官及小充員兵帶著幾分好奇注視這小隊醫療人員，臉上的表情紛雜不一。一張張陌然遙遠的面孔。

混蛋！到這種鬼地方來幹甚麼。

林逸風能夠理解那些年近半百的單身老士官的情形，然而，他有點厭惡這些嘴上無毛的年輕小伙子來這裡解悶。

阿胖穿著睡衣褲先找上門來。

自從知道她和山外的六號是親生姊妹後，林逸風稍留意到她和六號之間的情形。兩人倒是姊妹情深，不過阿胖相當隨和，好像沒發過什麼脾氣，不像她阿姊的急躁。如果在路上碰到阿胖，怎麼也無法想像她是軍中樂園的人；龐然的體軀，毫無腰圍可言，不塗胭脂的臉孔，浮現的祇是一般主婦憨直的微笑，圓滾滾的下巴皺紋重複地形塑著面龐底部。

第一次看到她時，林逸風無從將她平庸的面孔與門窗號碼所代表的意義聯貫起來。阿胖很喜歡和娃娃臉的林逸風聊天。

「醫官，我阿姊今日有沒有毛病，昨天聽伊說頭疼得受不了。伊那身體都是月內子時自己搞壞的，已經休息好幾個禮拜了，一直沒生意做。」

阿胖靠在桌邊，問林逸風她大姊的情形，褪下褲子，露出蒼白臃腫的肢體，護理室的單班長舉起針頭往那肉堆刺——。

「唉唷！夭壽仔，你拿鈍的針頭硬穿是不是？」回手打在單班長肩頭一拳。

「嘸啦，針很利，妳的屁股打針打得硬綳綳的。」

「妳阿姊今日沒說她頭痛，一把抓了十多顆氯四環素。阿胖，妳應該勸勸她回台灣去，不要再做了。」

「做是不做了，走也想走，就等我替伊把最後的一萬多債還了。年底那時陣，肚子裡那個夭壽仔流掉之後，我阿姊差不多每天沖冷水，說伊不想活了。我過年時在松山買的那幢樓房，就是要讓伊做點小生意或什麼的。」

「阿胖，妳阿姊要我跟妳講，下午伊要去前頭那小池塘釣魚，晚上來妳這裡吃飯。」駕駛老周的廣東腔臺語實在難聽，不過他倒是挺熱心地重複著：

「記得喔，妳老姊晚上來妳這裡吃飯。」

「好啦好啦！我宰啦！」

「醫官，你不是要看八哥嗎？美玉仔那邊有幾多隻哩。」

林逸風走到房子外頭。

老媽子蹲在水道旁刷洗鳥籠，四、五個籠子放在地上，八哥在裡面咕嚕咕嚕的。

「這邊兩隻是我的。」

阿胖從房裡拿著兩個絲罩，把洗得乾乾淨淨的八哥和籠子罩上提起來，掛在她門口，回過頭來說：

「前禮拜村裡的人捉到的，我把牠買下來。八哥的臺灣話叫嘉苓鳥，再長大些就可以學說話。」

「這種鳥愈來愈少了。大概在這種時節裡去石頭縫裡找，要是你退伍時，牠學會說話，就送你一隻。」

「我可不要你送我，下回再有人捉到時，先幫我買下來就好。」

隔壁美玉仔的八哥學著兩個充員的腔調：「看電影，看電影。」

「噢，牠真會說話哩，不知道會不會催客人卡緊！卡緊！」

兩個充員猥褻的笑著，互相推了一把，差點撞在林逸風身上，他狠狠地瞪了他們一眼。

「醫官，我喉嚨痛，給我幾顆甘草錠，還要八顆四環素。」

「四環素，配尼西林，一百二十萬單位，一百五十萬單位。」

「天天啃著這些抗生素，病菌就近不了身，笑話！」

「幾號？」

「三號。」

「生意很好呀，人滿多的。」

「那裡，摸賺啦。今天休假日，阿兵哥較有時間。」

三號當著幾個人面前，就解開褲帶露出大半腿股，穿上一針。

「吃這門飯，要不快改行，屁股都成麻子臉一樣，我呀，至少打過二千瓶配尼西林，光在小金門那一年，就挨了幾百針。」

林逸風半開玩笑地抖著她的病歷：

「黑白講，二天一瓶一百二十萬單位，妳呀，不過三十歲，總不會十歲就幹這行吧！」

「嘸啦，十歲還在我娘懷裡吃奶；我是講，注來注去都是配尼西林，不知道有沒有效。」

「看妳還會講風涼話，就就表示有效。」

話未說完，她早已拉開紗門走出去，差點和「大帥」撞個滿懷。

「哎呀呀！我的姑娘，急什麼來的，差不了那幾秒鐘的啦！」

「大帥」仍是眉飛色舞的神情，這兒就像他的家，每到一處他幾乎按戶去巡查一番。

「醫官，六號請你稍候十分鐘，她現在有人客。」

順手推過來一罐蘆筍汁，剛從冰箱拿出來的，冰涼沁人。如果問他那兒來的，準又得意地吹噓是他那口子請客。

不久，那個被稱做六號的，忽忽忙忙跑了過來，一百二十萬單位。然後繫好裡褲的帶子，顧不得外頭敞開的喇叭褲，又轉身走了⋯⋯

「醫官，謝謝你哦，我還有客人。」

林逸風一群人推開紗門ㄍㄨㄤ的一聲，嚇著了躺在門口的大狼狗，搖搖尾巴，又懶洋洋地躺回原處。穿越過幾個充員群落，從背後的房間，流過來軟無骨氣的唱片聲⋯⋯為什麼冷冰冰，難道你⋯⋯。

一道河熟睡在另一道河中⋯⋯

比層下的激流湧向
江山萬里
及至一支白色歌謠
破土而出。

——引自洛夫〈長恨歌〉

# 七

幾棵尤加利樹紋風不動的直立著。天氣有點悶熱，夏天快來了。

程之琰今年因月初搬到洛杉磯後，給林逸風的信上提到莊倩玲。年底左右，李孝仁服務的公司在西岸設聯絡處，莊倩玲母子也跟著飄洋過來。程之琰曾去舊金山探訪過她們一家人。

去年九月，和雅卿重逢前，林逸風路過亞特蘭大時，程之琰和她先生正好回臺，沒有碰上。一年，兩年，三年，竟然畢業快四年了。

「程之琰，妳知不知道李孝仁回來當兵，有一部分是倩玲的緣故。」

「是嗎？你哪裡來的論調。」

「一種直覺，我想不會差得太遠。」

程之琰沉默了一下子，沒再說什麼。

「有些事或許未如你直覺的反應那麼單純，有些事得學會費心爭取。如果什麼事都任它停滯不動，事情本身並不具有絲毫意義。」

這是後來程之琰在信裡提起的幾句。打開抽屜，莊倩玲的信沒折摺的躺著。

林逸風：「收到你的信非常意外，沒有想到能連絡上。

我到舊金山已經半年多，李孝仁比我早兩個月到。現在是典型的家庭主婦，兒子已經一歲兩個月，到處亂走，正是煩人的階段，小孩子一到能表達自己意見的時候，花樣就多了，父母煩惱也多了。

信不信，我有一次在中國城遇到李彥，看這世界小不小，她問起你的近況，你知道，那時我還不知道你這遊俠跑到哪裡去了，她手上抱著一個女娃娃，談了一大堆父母經，想我也有糊塗的時候，竟然忘了問她要住址……」

＊　＊　＊　＊

真虧她還記得李彥。

李彥。

有些影像從很遠很遠地方飄過來。

「生日的夜晚，是否還記得要在碧潭泛舟點著二十支蠟燭的夢。」

窗外的雪花，慢慢停了。

# 八

畢業典禮。林逸風坐在體育館的位置上，凝神往對面的文學士堆裡望。架起眼鏡，凝得兩眼發愣，還找不到李彥纖弱的身影。

要不是母親老遠從南部上來，他才不想穿著這身窩囊的「喪服」。大熱的天，像罩著一隻蒸籠。

母親正和一多年不見的朋友寒暄，談龍說鳳，林逸風有點舉止不安。

「嗨！小鬼精靈！」熟悉的聲音，是小朱。

「林伯母您好！」

「高興看到妳，其他人呢？」

「各忙各的。誰知人那裡去了，我剛剛在體育館碰到莊倩玲和程之琰，合照了一張，不過忘了把她們逮過來。」

整條椰樹大道上，熙攘的人群忙著照相。

「林逸風，我們一夥人說要聚聚，走的走，散的散，不曉得那年那日才再相聚，趁隔兩天李彥訂婚，你和倩玲一道來。」

小朱拉著母親一道照相，擺擺手又忙著招呼別人去了。

母親的朋友不知何時離開的。

「李彥要訂婚了，怎沒聽你說過？」母親有點奇怪。

「我也是今天才知道的，媽，我們回去罷。」

天氣好熱，風吹來陣陣熱浪，悶著全身發緊。

李彥也在舊金山，怎麼在美國的華人都往舊金山擠。

那晚，林逸風要走時，他大哥拍拍林逸風肩膀：

「有風度點。」

四年來，林逸風大哥對李彥的事很少替他出主意。大一那年，跟著林逸風一群人上阿里山住了一星期，也僅對他說了一句話：

「李彥對你不錯，可是她似乎在逃避著什麼。」

訂婚舞會在女青年會頂樓。到場的都是一堆熟朋友，小朱的聲音比誰都大，她的白色紗裙在暗淡的燈光下最顯目。莊倩玲不知懷的什麼心事，不很起勁。林逸風唯一的印象是那舞會好長好長，永遠跳不完似的。

李彥纖弱的身體在她碩壯的未婚夫引舞下，從這端飄到那端——

回家時已很晚，母親忙著替即將赴日的大哥打點行李。林逸風幫不上忙，躲進房裡，收拾高中離家以來的東西。

母親的聲音從隔壁傳過來：

「小風，今晚的舞會還好罷？」

他沒應聲。

「大概沒什麼問題罷。有莊倩玲一道，好歹總好過些。」

大哥似乎在向母親解釋李彥的事。

林逸風沒仔細去聽，從一堆信箋中，抽出幾封李彥從前寫的信。

何處秋風至，蕭蕭送雁群；
朝來入庭樹，孤客最先聞。

信末的日期註的是五八年秋天，大一那年的暑假。

「……其實，李彥對小風相當不錯，祇怪他自己當局者迷……讓他學學，不是他想要的東西就隨手可即……」

……生日的夜晚，是否還記得碧潭夜泛舟，點綴著二十支蠟燭的夢……

六十年十一月五日，林逸風的二十二歲生日。

## 九

離開深窄霉溼的長廊，林逸風一群人擠進老爺救護車裡，搖搖晃晃地擺向回程。一個早晨下來，幾乎繞遍半個金門島。回程在官兵休假中心停留一下，整個上午的任務也就差不多了。

後座的老士官們聲調很低，偶爾揚聲一、兩句外，靜默的時候居多。

海是碧藍，很清楚的延伸到海峽的盡頭。

一個月零三天！

早點名後在軍官寢室裡，鄭胖子照例宣讀一遍他的日曆記載。他的日曆上用各種顏色塗著這樣那樣的記事，數著船期，算著退伍的日子到時，還得多待幾天等船。

「退伍！退伍！阿兵哥。」

阿胖走時，把那隻八哥給林逸風，將近一年下來，這隻鳥懂得許多調皮話。

回家的景象一下子又清晰起來。兩年，這還不是挨過了。

早晨在軍中樂園時，管理員還向林逸風說阿胖寫信來請醫官一定記得去松山他們姊妹家坐一坐。

「你真的去看過她姊妹倆？」雅卿曾半信半疑的問他。

「出國前一個月去看過她們一次。」

阿胖的小雜貨店裡，擺滿各式各樣的日常用品，麻雀雖小，五臟俱全。

說來很巧，在那兒遇見「大帥」，仍是一副樂天知命派。聽阿胖說，醫院換防回南臺灣後，幾個老士官偶爾上臺北時，都會往那小雜貨店坐坐聊聊。

「那對八哥呢？」

「帶回臺灣後不久就死了，天氣太熱，鳥兒受不了。」

「真可惜。」

# 十

「信不信，我會看手相。」

「算了，你這個半仙。」

雅卿手掌有一條很清晰的事業線，從掌底部往上延伸，穿過感情線。智慧線和感情線相交在掌心上緣，把手掌分成二半，小指甚短，祇到無名指的第二指節的一半。

「這代表什麼？」

「小指長短代表老年的福氣……子孫膝下承歡的表徵。」

「那有什麼關係，反正我又不想要有孩子。」

雅卿根本不信這套，常常強調人要靠自己。

「在美國久了，你就會知道，路要自己走出來，誰都幫不上忙。」

「老年呢？」

「上次不是帶你去看過我從前的房東露絲，她住那兒不是滿舒服的！」

可是，那次雅卿對他說過，每次去探訪露絲，她就想起在日本的雙親。看露絲呆滯的眼神，使她很難過。

遠處，救護車的喇叭聲嗚咿嗚咿地傳過來。

春雪停後，草地上的雪紗逐漸開始消失，一株株黃色的蒲公英感覺上要亮多了。這種小黃花生命力特強，再貧瘠的青草畔也有它的蹤跡，但往往一陣怒放後就枯萎了。

三月底從西岸回來，中西部的積雪已開始融了，林逸風的心卻像華氏零下三十度一樣的冰冷。

雅卿每天大清早就上實驗室，下班之後就抓著認識不久的地產經紀四處看房子，幾乎不讓他有單獨面對她的時間，夜深回來，往地板上的睡袋一躺就睡。一天，兩天，三天，四天，都是這樣子。

幾度，林逸風夜半起來，坐在床上望著沉睡中的雅卿。

事情怎麼會變成這樣子。

「有時候，我覺得你很陌生，好像我沒認識過你，最近常想，你並不真正瞭解我。」

雅卿指的是買房子的事。兩人之間的話題祇限於地產行情，林逸風有時心不在焉，話常常沒聽進去。而林逸風講的事，雅卿也不很在意聽。

第五天，中午，雅卿從實驗室回來了幾分鐘轉頭要走時，林逸風叫住了她：

「我想，我們應該把事情好好談一談。」

「我沒有時間，我很忙。」

「妳不必這樣躲我，該走的時候我會走。本來這次來，想好好跟妳談談——」

「我現在沒精神去想那些事，如果說我有意避著你，或許是因為我怕你提起結婚的事——」

「我不是來談這件事的。這幾天我想過，事情總該有個了結，事情由我開始的，也該由我來結束。祇是，我覺得終究是朋友一場，犯不著得不歡而散。」

雅卿的臉一下子脹紅了，她沒想到林逸風會這樣說。

「我總以為祇要這段感情在，事情可以慢慢解決，但這幾天來，我覺得比一個普通的朋友還不如。坦白說，我已無從感覺起妳的想法了。」

她低下頭來，想把湧上來的淚光掩住。

「我沒有這樣想過，我承認最近一陣較忙，你來之前我就跟你說過了。」

「妳忙實驗，看房子，我都可以理解，我祇是覺得妳不必這樣避著我。感情這種事是雙方面的，勉強不得，我也知道這個道理。我不知道妳在逃避什麼？」

「我沒有在逃避——你自己說的，這是兩方面的事，如果你這樣想，我——我也祇有接受了。」

許久許久，雅卿再擡起頭來，眼角的淚光不見了，又回復到冷漠的神情。

兩人像打了一場混仗，垂頭喪氣，都累得說不出話來。

「等這兩天我把該辦的事理了，我就回去。這樣妳也了一件負擔。」

林逸風立起身來，走向門口。雅卿默默無言地陪著他走到街道上。

「你上那兒去？」

「上街走走，把該辦的事辦了。」

那晚，回到雅卿住處已經十一點多，雅卿似乎睡著了。林逸風坐在床沿凝視她許久許久，彎下身來在她額頭輕吻了一下，就自個兒上床。

不一會，雅卿從地板上爬起來，鑽進林逸風的被窩裡：

「你把我吵醒了。」

「是嗎？我看妳睡得很熟。」

「我沒睡著。」

「睡吧！明兒一大早還要做實驗。」

「我睡不著嘛！」雅卿倚進林逸風懷裡撒嬌。

「那妳說要幹什麼？」

「講話。」

「講什麼話？」

「我就是要聽你說話嘛！」

然而，談不了多久，兩人又沉默下來。

雅卿替他燃起一根火柴，點著一根香菸。

在很遙遠處的黑夜裡，碉堡裡昏黃的燈光，就像懸在空中的一盞燈籠。

雅卿的手開始在他身上游動。

「那是替那些死人守夜的弟兄。」崗哨上的衛兵指著太平間的方向，樹林之間隱隱有幾盞燈在晃動，風聲咻咻，黑夜中遠處浪淘沙的迴響甚是清晰。

今夜，太平間裡平添兩具生靈。

還記得那時候在手記本上這樣寫著。

噹─噹─噹─噹─噹─急診的鐘聲在空中迴盪。

擔架上是一灘血，頭部浸在陰紅的血泊中，坑道構工時塌方的意外。

雅卿的手撫得他癢癢地，兩個人擠在被窩裡好熱！

胸部陷下去，人工呼吸時，血像決堤的水咕嚕咕嚕地從嘴裡汩汩而出。

急救的醫官滿頭大汗，手上都是血，說了一句：Lung collapse, it's hopeless!

林逸風身體顫動了一下。

雅卿問是怎麼回事，他沒答腔，祇是緊緊地環住懷裡的人。

死亡，你不要驕傲──。

# 十一

這陣春雪過後，今年不會再有雪了。

昨天，一大群留學生還在說隔兩個星期可以開始釣魚了。冬天時，去過湖泊上溜冰。夏天一到，竟是另外一種樂趣。

眼際浮起冬天的雪景時，最先映進眼簾的竟然是那回到湖邊去，拿起一塊小石子擊在湖面上，細石跳躍的輕碎聲。

「在我東北的家鄉就是這樣子。」林逸風永遠忘不了他高一時國文老師眼角的淚光。出國前，在公車上遇見他，他居然仍記得這個學生：

「那天你來玩，我已結婚，孩子都兩個了！」

該打個電話給莊倩玲，告訴她這個暑假要往東行，年底或明年有空時再去西岸探探她和程之琰。

依稀記得，好幾年前從李彥筆記扉頁裡，曾錄下這樣幾句話：

長空一絲煙靄，任翩翩蜨翅，冷冷花外，
笑萬歲頃刻成虛，將鳩鶯鯤鵬隨機支配，
回首江南，看爛漫春光如海，
向人間到處消遙，滄桑不改。

——王船山，《鼓棹集》

# 旅逝

原稿完成於一九七八年三月十日明尼亞波里斯城，發表於《小說新潮》第五期

天涯遠處似有牽掛，
像是昨日的相濡以沫，
復如今夕之相忘於江湖。

——方旗，《詩品》

# 一

秦炎哲在屋前的馬路邊整理那輛老爺車，將保暖的毯子、睡袋以及工具箱堆進車子後座時，手還隱隱作痛。早晨起個大早收拾東西，不知怎麼搞的，懸在案頭的全家福彩照墜地一聲碎散地板上。那張隱藏在全家福後面一張小照片就跟著露出來。不經意間，把那些玻璃碎片往垃圾桶猛塞時，竟然惹出寸餘傷口，鮮血直流。

望望陰凜的天際，再投眼到窗前的楓樹，才注意到僅僅一星期之間，黃葉落得淨盡。

跑趟芝加哥，來回千把哩路，說遠不遠，祇是這輛老爺車很少長途跋涉，尤其是下雪的季節，跑起遠路怪不放心的；心裡難免滴咕著胡彥中：

「這胡小子永遠那副死脾氣不改，感恩節四天假期，被這傢伙往芝加哥一拖，大概也沒啥喘息的時候了。」

昨日夜深，胡彥中敲鑼打鼓趕喪似地跑過來：

「炎哲，李蓁才打電話來說她感恩節不來雙子城了。」

原來是點大的芝麻小事，卻見他喪氣得那個樣子。

「說得也是，才四天假期，跑這一趟路頂不划算，開學前才見過面，再過一個月又是聖誕節，何必急著這四天。」

胡彥中可不這樣想，一聽李蓁不來，又急又躁，在電話中口不擇言，亂責怪起人來，惹得李蓁一氣之下，索性將電話掛斷了。

「唉，炎哲……」

「你小子沒出息，幹嘛？想跳河了。」

「不是啦，她不想過來，我祇好過去。」

「去就去，這麼晚找上門來，干我屁事，要上機場明兒再說，總耐得住今晚罷！」

結果還是被這小子拖上路了。

秦炎哲見胡彥中上車後偏頭大睡，口水都涎下來，真有點羨慕他這分福氣。

李蓁昨夜在電話裡對秦炎哲說，如果可能請他陪著胡彥中來。一方面二人有伴開車安全些，另一方面幾年不見，也真想大家聚聚。秋季開學前，李蓁來過明城一趟，秦炎哲在賭城打工，沒來得及碰頭，李蓁就回芝加哥去了。

經李蓁那樣一說，埋在心底幾年的舊事，又隱隱約約幌動起來。

## 二

過陌地生城（Madison）後，平原上飄起雪。沒多久滿天灰雲密布，大朵大朵的雪花瀰漫四際，視界頓時變得模糊不清。十一、二月天的美國中西部氣候就是如此變幻莫測。初冬像淘氣的小童，這兒撒點鹽巴，那兒撒點棉花，而這趟倒嚴肅地擺起落雪的陣勢。

秦炎哲把車子慢駛下來，搖搖胡彥中的肩膀：

「好了，這樣的天氣，你說如何繼續前進？」

胡彥中從睡夢中醒來，見四際雪花一片白茫茫，苦笑道：

「蒼天不助有情人，我們到底到哪裡了？」

「在陌地生城附近，我看啊，咱們打道回府算了。」

「別開玩笑了，炎哲，好人做到底，路都走一大半了。君子成人之美，我們找家店進裡頭歇歇，填飽肚子再說，待會兒車子就讓我開。」

說要找家歇腳的店也不容易，十幾哩的路摸索將近半個鐘頭，終於在加油站附近尋到一家旅店。

地面上的積雪已達寸餘，行在小道上，鞋跡一步步印得清晰得很。

胡彥中推開餐廳的門，顧不得搓搓鞋上的雪泥，就孟浪地往裡頭走，沒料到拐彎處轉出個年邁的婦人，兩人互相撞個滿懷，把婦人手上的物件撞得散落四處。秦炎哲眼明手快及時扶助那婦人，連忙陪著胡彥中道不是，然後彎下身子收拾散在地毯上的東西。一本年代久遠的相簿，露出幾張微微泛黃的照片，散得較遠的幾張沾著行人來往的泥跡。僅僅那一瞬間，卻也記得兩個英挺煥發的年輕人與一位魅力的女郎很深刻的襯在遙遠的記事裏。印象最深的是那對深邃發亮的眼睛和筆直的希臘式鼻樑；另有一張女郎已在其中一位年輕人懷中，微仰著頭，沉醉在旁若無人的境界。

胡彥中扶著老婦人到餐廳入座，秦炎哲細心地用衛生紙拂拭沾著泥土的照片，一張張重新夾入相簿裏。老婦人見他這般細心，連連點頭表示稱許。

正襟危坐後，才發現餐廳裏大多是上年紀的人，祇有秦炎哲和胡彥中是唯二的東方人。環視左右，陌生但善意的眼光不時飄向他們這一桌。秦炎哲被看得有點發窘，卻祇好裝得自在些。和眼前的老婦人寒暄問暖，談不到幾句話，胡彥中指著秦炎哲面前的相簿：

「這是您年輕時的照片嗎？我想您年輕時一定很漂亮！」

那老婦人經她這樣一說，掩不住笑容道：「那裡哪裡，我已經老了。」

頓了一下，又接著說：「你們要不要看我年輕時的照片。」

秦炎哲說：「我們可以嗎？」

「當然當然啦，為什麼不？」（Of course, of course. Why not?）

老婦人略為抖動的手，取過秦炎哲面前的相簿，翻閱起歷史淹沒的年華。

第一頁就是秦炎哲印象最深的那張照片，梳潔的頭髮、希臘式的鼻樑、深情的眼眸。眼前的婦人雖滿頭銀絲，依然梳得整齊發亮。高挺的鼻樑仍留露著年輕時的神態。但那對炯炯發亮的眼睛已從她疲憊的眼瞼下消逝，老年人的黑斑疏稀點散在鬆懈的臉頰上。

「這年輕人大概就是您的先生罷！」秦炎哲將眼神移到另外一張相片上。

「是呀，康是位醫師，二十八歲就當上大學教授。不過，那是在蘇俄入侵前，一九四〇年左右——」

「您不是美國人嗎？我的意思是，你從哪裡來？」

婦人望胡炎中一眼，嘆了一口氣：

「你們年輕人大概不知道那個國家——它已經不存在了。**Estonia**（愛沙尼亞）。」

她將**E-S-T-O-N-I-A**一字一字地拚出來，可是胡彥中已迫不及待接過去：

「我們當然知道，**Estonia, Latovia and Lithuania**（愛沙尼亞、拉脫維亞與立陶宛），波羅的海三小國。」

婦人有點訝異，她沒想到兩個東方面孔的年輕人居然知道這三個已從地球上消失的國家。

秦炎哲看出她的疑惑，解釋道：「我們高中地理課本上曾經記載這三個國家，第二次世界大戰後被蘇俄併吞，我們知道的祇有這些。」

婦人恍然大悟的樣子，想了一想：「你們是那裏來的？」

「台灣，我敢打賭您不知道它在那裡？」

「福爾摩沙，或許您聽說過。」

「也許罷，我想我大概聽說過，太久以前的事情記不清了。」

秦炎哲扯開話題，翻過另一頁，指著相簿上那對儷人之外的年輕人：「我們不管這些——這年輕的小伙子又是誰呢？」

「喔，那是拜茲，我們最要好的朋友，微生物學者，詩人，一個才華洋溢的詩人。」

「他是不是也在美國？」胡彥中隨口加了一句。

「不，他不在這裡，或許還在愛沙尼亞，或許在西伯利亞的某個角落，或許他早就逝世了，我不知道。最後一次聽到他的消息是有人看到他在被驅往西伯利亞流亡的人群中……」

她的語調愈來愈低，到最後幾乎變得喃喃自語。秦炎哲和胡彥中交換一下眼神，欲言又止，覺得她向著某種方向說話，而不是和兩個撞得她滿懷的年輕人。

沉默半晌，她才從低調中恢復原狀，一方面為自己的失態致歉，一方面翻到另外一頁。

映入眼簾的一個身著戎裝，手扶著劍，威武十足的軍人與她所說的那位年輕詩人的合影。

看到這張照面，她的聲調略為高昂，眼睛閃爍著幾分興奮的神采：「拜茲將軍，愛沙尼亞的革命英雄，我們的詩人朋友是他的姪兒。當年在愛沙尼亞，只要提起拜茲家族，無人不知。不過，他也被放逐到西伯利亞去了，連他十幾歲的小孩都不放過。一個顯赫的家族，被整得四分五散，唉——」

秦炎哲見她的語調從昂奮中再度淡黯下去，直想安慰他幾句，胡彥中又迫不及待衝出一句：

「這些事怎麼發生的？」

婦人梳得淨潔的銀髮在黯淡餐廳中閃閃發亮。她嘆了一口氣：

「這一切怎麼發生的？讓我想想。」

剎那間，眼瞼下的皺紋一條一線地畫出她歲月的滄桑。秦炎哲這時才仔細凝視這位異旅相逢的婦人。

臉部的皮膚已被年代一層一層的剝落，嘴唇倔強的曲線熬不過歲月的摧殘，略為顫動著；衣領袖邊很精緻的繡花已隨著時間退色，手指上一個古雅的大銅戒浮刻著R的羅馬字樣……

記憶是永不回頭的火車頭，驅著你奔過一處處旅棧，埋沉在一層層浮現的新經驗裡，被壓下去的歲月總經不起引燃，像潛伏著的火山，爆發時將你撕得四分五裂，每一塊血肉都奔向無數辛酸的過往。秦炎哲怎麼也沒料到，兩個東方來的年輕人鬼神差使地在這塊異域上聽一個陌生的婦人說她遙遠家園的血淚……

「愛沙尼亞真正獨立的年代不會超過三十年，拜茲將軍領導的軍隊經過許多奮鬥與犧牲，才贏得一九一八年的獨立。也就是那年，我和年輕的康士坦丁．雷渡拿醫師結婚……我們以為獨立後會有一段平靜的歲月，但蘇俄在列寧、史達林的血腥統治下從未放棄併吞小國擴張領土的野心。所以，邊界紛爭時現，國際聯盟裁定蘇俄侵略的決議，根本毫無約束的力量……」

「一九四〇年蘇俄終於伸出魔掌出兵佔領愛沙尼亞，接著而來的就是隔年夏天大規模的流放。拜茲的伯父是第一批遭殃的人士，當年參加過愛沙尼亞與蘇俄戰事的成員，十有八九都被秘密警察一網打盡，接著不久，德俄之間的戰爭爆發。那年夏天，德軍進入愛沙尼亞首府坦寧，紅軍開始撤退。康和我總算鬆了一口氣，至少像六月那樣大規模放逐西伯利亞的情形暫時不會再發生。

納粹德國那時徵集一批激進的年輕情人組成愛沙尼亞國民軍，到列寧格勒前線攻打紅軍。我們的詩人朋友拜茲就是那群年輕人的領袖，他以為德軍勝利後，愛沙尼亞能夠重新獲得獨立，所以極力慫恿群眾為愛沙尼亞而戰；康卻不這樣想，他將愛沙尼亞獨立的希望寄託在西方盟國的勝利，袖手旁觀德、蘇兩敗俱傷，等英、美勝利後，蘇俄再也沒力量干涉愛沙尼亞的獨立了。」

「康是個醫生，拜茲為了邀他加入國民軍，二人爭執很厲害。拜茲責備康消極懦弱膽小，康則說拜茲文人感情用事，沉不住氣。我還記得最後一次和他相聚，拜茲正色對康和我說：希望我們之間至少有一人對，無論如何，都是為了愛沙尼亞——」

「結果兩人都錯了——」秦炎哲憑息聽到此不禁嘆聲。

「是啊，兩人都錯了。」說完後，她像洩氣的皮球，顯得很喪氣。

「那您怎麼出來的？」秦炎哲嘗試將話題引開夢魘的往事。胡彥中踢他的腳，使了眼色，原來外頭的雪停了。

「第二次世界大戰結束後，蘇俄以戰勝國的姿態明目張膽地併吞愛沙尼亞和它的兩個鄰國，拉脫維亞和立陶宛，幾年前大流亡的恐懼又逐漸擴散開來。拜茲一直東藏西躲，逃避秘密警察的追捕，我們無法和他連絡上。後來有一天，他託人帶個信，簡短幾行字：

> 我為愛沙尼亞而生，為愛沙尼亞而戰，願為愛沙尼亞而死。
>
> 不久後有會有大規模的放逐西伯利亞，請設法離開坦寧。生命失落在西伯利亞的冰原，不如流亡海外，永遠存著對愛沙尼亞的懷念。我祝福你們，永遠記得我們相處的每一日子。

我和康就在那情形下離開愛沙尼亞，三十多年來一直沒有拜茲的消息。十幾年前在紐約愛沙尼亞人的聚會上，聽說拜茲家族的人太半死在西伯利亞了，可是無從證實。反正，這年頭的事情有誰知道呢？」

「您懷念它們嗎？那塊土地與您的朋友們。」

秦炎哲問出這話後，馬上知道問錯了。眼前的婦人眼簾浮起一層淚光，嘴唇有點發抖。胡彥中再度踢他的腳，秦炎哲只好立起身準備告辭。

婦人低頭一陣子，大概看到桌前的年輕人站起來了，仰起頭，淒然裂嘴一下，然後說：

「你說呢？你想不想你們的家鄉和親友，我年紀大了，只能沉湎在過去，你們呢？」

秦炎哲嘆了一口氣，望望窗外的天色：

「雪停了，我想我們應該上路了，看能不能趁天黑前趕到芝加哥。不論如何，真高興碰到您，而且談了這麼。雷渡拿太太。」

「年輕人，我還沒問起你們的名字。」雷渡拿夫這時也跟著起身。

「喔，我叫秦，他是胡，我們是很好的朋友。」

「向您丈夫和拜茲一樣。」胡彥中跟著加上一句。

「是嗎？」她揚揚眉頭，眼際閃過一瞬光彩。

「不過，我們不是醫生，也不是什麼生物學家。」

「秦會寫詩。」

雷渡拿夫人眼睛睜得更大了，秦炎哲有點不好意思，避開她的眼神。

「你小子甭再胡言了。再見，希望還會遇見您。」

走不到幾步路，秦炎哲覺得背後兩道眼光似乎仍望著他。回頭一看，果然雷渡拿夫人正朝著他的方向。秦炎哲不由得停住腳，轉身過去：

「您隔兩天是不是還在這裡？」

雷渡拿夫人有點意外，好一會兒沒答腔。秦炎哲接口道：「我是說，如果回程時您還在這裡，或許我們還可以多談一些。」

「當然當然，為什麼不，為什麼不？」她連續說了兩聲。

車子發動後，秦炎哲看到雷渡拿夫人從旅店門口向他招手，遂下車跑過去：

「您還有什麼事嗎？」

雷渡拿夫人從手提袋拿出兩本書，放在秦炎哲手上：「這兩本書借你看，等你從芝加哥回來時再還我。」

秦炎哲有幾分猶豫。

「沒關係，如果你回程不經過這裡，書頁裡有住址，寄還我就行。」

# 三

芝加哥的早晨瀰漫著陰沉不散的魅氣，昨日的雪沒堆積在這大城裏，早已消散無形。從高樓往下望去，馬路上濕漉漉地像落過雨。偶而，電車的聲音從不遠處隆隆傳來。

秦炎哲翻著手頭的書，眼光從窗外迷濛的視界，移到書冊上用紅筆圈著的部分：

親愛的莉萊姑媽：

我們星期六午餐時間被拘捕了，搜身之後，我們一家人被車運到吉拉鎮，那兒有數千和我們相同命運的人群。

我們一家大小都逃不過這個厄運。我試圖收拾些隨身東西，他們（祕密警察）對我們咆哮為什麼帶那麼多東西，並威脅我們要摔掉其中大半。我攜著母親的照片時，他們諷刺我，為什麼不把父親的照片也一塊帶著？還有家裡的大鋼琴？我們餓極了，才擺好餐具時，他們就闖進來，前後門都是他們的人，我想餵孩子幾口，他們卻嚇得嚥不下去。

離家時，四處杯盤狼藉，烤箱裡的糕餅才放進去不久，浴室裡的爐火還燃著，浴室裡的爐火還燃著……。

咖啡壺的水滾得嗚嗚叫——

「嗨，這麼早就醒來，睡得還好吧？」李蓁穿著白色印花晨褸，走過去將爐火熄了。

秦炎哲應了一聲，回頭望了望她：

「是水滾了吧？」

整晚想的是一個久已模糊的影像，夜半幾度憑著小燈凝視隱在合家照後幾年的小照，當年和梅若芸在魯斯教堂旁的合影。可是，怎麼看就是不真實。

李蓁替他沖好咖啡，熱氣裊裊而升。秦炎哲端起磁杯，臨著杯緣輕輕吸了一下，水氣漫在眼鏡上，視界又模糊起來。好端端一個李蓁影像，竟然像起梅若芸來。那次喝茶不是這樣望著梅若芸，從模糊的視界，逐漸浮現個活生生笑靨的梅若芸。恍惚間，那個眼神竟然變得和梅若芸一模一樣。

「你在看書？」

「呃，沒甚麼，隨便翻翻。昨天碰見一位老婦人，談了一陣，書就是她借給我的。」

「彥中昨晚也提起過，撞得人家滿懷，聽說是為愛沙尼亞的婦人。」

「記不記得我們中學時地理課本上的波羅的海三小國，愛沙尼亞、拉脫維亞和立陶宛，第二次世界大戰後被蘇俄併吞掉了。」

早晨醒來後，邊翻著手頭的書，邊出神回味著雷渡拿夫人的話；時而浮起她蒼老寞落的眼神：

「你說呢？你想不想你的家鄉和親友？……你們還年輕，還有地方可走，我年紀大了……」

李蓁指著秦炎哲手上的書：

「那這本書——」

秦炎哲合上書頁，將書擱在李蓁腿上，李蓁輕輕讀著封面上的字：「The Soviet Colonization of Estonia」（蘇俄對愛沙尼亞的殖民）

兩人沉默一陣，李蓁漫不經心地翻了幾頁，停在用紅筆圈出的部分。秦炎哲望她一眼，略移過身子繼續方才中斷的那封信：

我們飼養的火雞有三十五隻病著，現在大都遭殃了。我還一直期望那天小雞會孵出來，沒人知道該多帶些食物，我先生忘記他的雨衣與長筒靴，我只顧收拾穿著的衣物，現在才發現食物帶得太少，肉類、香腸、麵包、果醬都留在家裡，還有杯盤、刀子等等。這裡的生活像禽獸，不是人過的。這車廂中只有婦女和小孩，廁所就在我們一群人之間地板上挖個洞充數，真是恐怖極了。他們說，我們將不會回來，那意味著，我們永遠不再過著像從前一樣的日子了。

我的小安諾很沮喪，因為他和其他孩子要東西吃時，我就忍不住哭泣。有些居民免費供給我們麵包和牛奶，寫信的紙筆也是這些善良體貼的愛沙尼亞人給的。我們身無分文，看樣子又得在車廂裡待上一天，不知道會被送到那裡去。

您一定想知道這些事，所以我偷偷寫下我們的情形。以後，大概見不著面了。幾天前在人群中，瞥見拜茲，頭髮散亂無章，但無法與他談話。

再見，我的親人，我的家園，願上帝保佑你們。

星期日，於坦寧車站運牛車裏*

「現在我知道為什麼這封信被用紅筆圈出來。」

李蓁看著秦炎哲，有幾分迷惑的樣子。

「昨天我們遇見的老婦人就是這封信的莉萊姑媽，看到信末那段，拜茲就是他的詩人朋友，我和彥中都看到他的照片。」

李蓁嘆了一口氣：「唉，這是什麼樣的年頭！」

秦炎哲沒應聲，拍拍她擱在書桌上的手，拿過書來，漫無目的地翻著。

---

* 改寫自William Tomingas：*The Soviet Colonization of Estonia*. Kultur House, November, 1973.

「有件事趁我現在還記得，跟你交代清楚。一本詩集，不知你還記得不？」

「詩集？」秦炎哲一時摸不著頭緒。

「梅若芸交代的。」李蓁轉身進她房間。

梅—若—芸三個字像電擊傳導般，傳遍秦炎哲每一條神經細胞，一時不知如何應對。

她的聲音繼續從房間裏傳來：

「那年你走時，這本詩集留在我那兒。本來我一直想，事過境遷，犯不著多此一舉。走前向梅若芸辭行時，還虧她記得這本鄭愁予在我那兒，否則我怎麼也不會想到帶本詩集出國。」

李蓁從房間走出來，把那本詩集放在秦炎哲面前：「若芸說，你一定願意留著它，講得那樣肯定，大概錯不了。」

秦炎哲拿過詩集，翻開封面裏，扉頁上曾經很熟悉的字跡，一筆一畫刻在心板上：

想你此際在砲擊之後的靜寂　禪臥於幽谷的百年屋瓦簷下

雨聲滴答　似是千里外的迴響
這時　我會憶起　曾在相似的霧夜裏
聽風吹林梢以及遠處浪淘沙聲
也是在這樣的時刻　你會進入這本傳奇的意境中
題贈炎哲　若芸　一九七三年於大度山

這趟芝加哥行，其實是懷著梅若芸的事來。梗在心頭，不知如何啟齒。幾年來將梅若芸埋在心底，跟誰也沒提。見到李蓁，好似梅若芸活生生地附在她魂竅上出現。手指上的傷口隱隱作痛，昨兒急著出門，隨便用紗布一裹了了事，滲出來的血凝在紗布上。原就綁的不緊，經不起撥弄，就鬆開來。

「你的手怎麼啦？割傷了是不是？我找找看有沒有創傷繃帶之類的東西幫你紮一紮。」

李蓁說完就蹲下身，在桌底下翻尋，很淡很淡的髮香飄進秦炎哲鼻腔。傷口突然又痛起來。

「大概昨天趕著上路，沒好好消毒，這才有點腫。」

李蓁好似沒聽到秦炎哲這句話。

「我心裡只有一個疑問，你倆從來也不提，事情怎麼會到這種田地。想當年你在金門，隔著台灣海峽，若芸都過得去。那知你一走，太平洋兩岸竟是兩個無交集的世界」

「我們還是很好的朋友。」秦炎哲紅著臉勉強對著書本吐出一句話。

李蓁終於找到救護箱，取出消毒劑擦抹秦炎哲的手。上藥後傷口熱滾滾，一個個白色泡沫在傷口處蠕動。她邊消毒邊帶責難地看著秦炎哲：

「好朋友？炎哲，你這句話是違心之論。走後信少得要命，後來就乾脆沒消息了，真不知道你這好朋友的定義如何下？你對若芸一點也不像你對朋友的態度，二人明明惺惺相惜——。」

秦炎哲苦笑一下，猶疑半晌，打斷李蓁的話：

「她——結婚後還好罷？」

李蓁愣了一愣，稍微思索一陣，拿起綳帶替秦炎哲包紮傷口：

「我想大概很好罷，女人家一結婚，有了孩子，就像被什麼綁著似的，也沒有所謂好不好了。一個人懂得惜福，就會知足，知足了，這世界上再也沒有什麼了不起的事，若芸明白這個道理。其實，你走後這幾年，我們見面的機會不多，她在鄉下當國小老師，偶而回台北時，在電話中聊上幾句而已。那回她在電話裡說要結婚，請我參加婚禮，我嚇一大跳，趕緊跑到她家去，看她講得很平靜，我想說的話都吞了回去。」

「還在當老師嗎？」

李蓁紮好繃帶，瞪他一眼，繼續說：

「生小孩後就辭掉了，先生在台北上班，總不能兩頭跑。若芸有一回說，人世間聚散，根本不需要找理由搪塞。她沒說起你，不過我想她指的還是你倆之間——。當兩人之間，沒有一方很積極爭取時，彼此心裏就明白離散是遲早的事。我看你們兩人倒乾脆，詩也不看也不寫了。」

胡彥中不知什麼時候醒來，聽到客廳中對話的聲音，睡意半醒中，知覺到李蓁最後那句話，就劈近來：「你說誰不看詩不寫詩呀？」

「當然說的是炎哲啦，難道會是你？」

「寫不寫詩我不知道，他研究室牆上倒是題著一首詩。炎哲，有一次我問你，你說是王安石的詩，什麼一枝香啊雪未消啦。」

李蓁瞧胡彥中搖頭擺首，裝出一副吟詩樣，笑也不是氣也不是，揍他一拳：

「一大早就扮這死樣子，一點沒改，從來記不住整首詩，只曉得賣弄頭尾，還要故做風流——。」

秦炎哲被他兩人一搭一唱，忍不住笑出聲來。

「胡彥中，你不要在那兒胡扯，我和炎哲在談正經事，洗你的大頭臉去！」

「是，我的大小姐，洗我的大頭臉，殺我的大虎牙去。」

胡彥中擺出一個小丑姿態，等不及挨揍就先將身體閃到一旁。

「——不過，你們談的是那門子正經事？」

「沒什麼，唐朝白頭宮女的天寶舊聞。」

李蓁白了秦炎哲一眼，他閃過她的眼神，問胡彥中：「我們中午去那裡？」

「當然是China Town！華人跟華人碰頭，照例是往華人的地方擠，還有那裡好去的。然後啊，看附近有什麼左鄰右舍、親朋好友，串一下龍門。對了，小蓁，你不是說郭志欽鍋巴在芝加哥郊區嗎？我找電話，敲他一頓。」

胡彥中拿起電話撥了撥號碼，才聽對方提起聽筒，哈囉聲都還沒斷就直嚷：「鍋巴在家嗎？」

然後覺得對方有點猶豫，遂換一口氣：「郭志欽先生，我是他東海大學的室友，叫胡彥中，古月胡。」

掩住話筒，對旁邊的秦炎哲和李蓁說：

「他老婆，架子真大，還得通名報姓——哈囉哈囉，是鍋巴嗎？是我啦，胡彥中胡小子，近來好吧？沒將您老弟忘掉罷……我和秦炎哲昨晚來的……你有空嗎？當然當然，怎麼去呢？東西繳費大道，五號公路，左轉，一個紅綠燈往北，北方是右還是左……你跟炎哲講好了，他比較有方向感。」

# 四

鍋巴的臉孔還是老樣子，圓滾滾的下巴，鼻樑架著金絲眼鏡。唯一和當年不同的是，滿頭燙捲的頭髮如今修得整整齊齊，腰身已有中年人的福泰，聲如洪鐘，肥厚的手掌一把抓住胡彥中肩膀：

「好小子，到底還是來了。來來來，我最近整理過後園的庭景，看看我郭巴人雖粗枝大葉，手藝如何？」

沒踏進家門，鍋巴就帶著秦炎哲等三人往車庫旁的小徑走，繞過屋旁幾棵松樹，房子後頭申展出一條碎石小徑，深秋浸得轉黃的庭園中央，豎立著幾塊奇形怪狀的石頭。

「宓秀，客人來了！」

鍋巴對著廚房喊了一聲，然後回頭對秦炎哲一行人說：「她忙著給我們準備晚餐。咱們哥兒今天可要好好幹它幾瓶紹興。」

宓秀從房子靠後園的門口出來，和一群人打招呼，臉部妝扮很淡，燙得短捲的頭髮，衣著樸素，很典型的美國家庭主婦。鍋巴二個學齡幼兒嘻笑從房裏追逐到庭園。冬陽樹林間斜射進來，兩人在夕陽餘暉下穿梭於秦炎哲一群人間。」

冬天，天色暗得較快，陽光如何也照不暖，五點一過太陽就墜得沒影子。

「想當年，鍋巴掌健言社時，咱們寢室那次不是一擺龍門就到半夜。有一次搞得不像話，一群人轉移陣地到鐘樓底下，抬槓到天亮……」

酒酣耳熱之後，胡彥中話夾子一開，滔滔不絕。鍋巴幾杯下肚，臉漲得像紅臉關公，頻頻點頭：

「好漢不提當年勇，好漢不提當年勇……」

談話的內容循著海外留學生的一套，從大學生活，預官生涯談起，逐漸擴散到留學生涯、打工、學位、職業、房子，不離題的當然是政治。每個人都像政論家，各有一套說辭，聽久了覺得沒啥新論。憂國者有樂觀論調，也有心急如焚，幸災樂禍，落井下石的旁門走道者，更是見怪不怪。

秦炎哲喝酒時，靜得像處子，偶而加一、二句論述，微帶醉意中，看著眼前兩人一搭一唱，一個是當年宿舍中最慷慨激昂的學生意見領袖，一個是從高中以降的摯友。幾年來見識過不少雄心壯志者沉淪在這塊土地上，出來時的憤慨早沉到心底，聽鍋巴平靜敘述自己的抉擇，加上酒在血液裏作怪，心裡的憤怒逐漸上升……。

「這塊土地上埋葬了多少中華兒女的豪氣，我鍋巴祇不過是其中之一罷。從進公司的那一剎那，你就可以看到二十年後的自己，典型的中產階級，什麼都分期付款，生命也是分期付款。當你還能動時，環境逼著你汲汲營營，老年時往安養院一躺，準備進棺材。可是——」

鍋巴話題一轉：「回去幹什麼？」

「留下來又幹什麼？」秦炎哲反問一句。

「飽餐之餘，割割草皮，跟著老美患足球熱，心情不佳時，品評時局，發發牢騷。」胡彥中搶著回答。

鍋巴揉揉肥厚的下巴，突然語重心長，正經地說：

「有得就有失，留在這裏是個人的選擇，沒人逼你。讀了二十多年書，好不容易挨到博士，然後跟著別人既定的模式找工作，弄張綠卡，生根下來，很少人認真想過下一步路該往哪裡去？或許從小到大，一直被教育著服從，老爸說留學好美國好，就跟著別人的屁股後面跑。宓秀她大學班上，十多個碩士、博士，當年北一女偉大的志向那裡去了？你們知道這附近人家聚會時的話題是什麼？男的談股票、房地產，誰賺多少誰虧多少；女人談育兒經，誰家添什麼家具。回次台灣，像拜拜一樣，一家酒店換過一家，大街小巷都吃遍。回美國時，大包小包的土產，肉鬆肉脯牛肉乾一網打盡。說台灣好嘛，你知道多少人真捨得下美國的一切回台灣從頭幹起？」

沉默一旁的李蓁見鍋巴說越激動，嘆了一口氣：

「我想——，每個人心裡都很清楚，得失之間自有定數，不能只想贏不輸，問題在這年頭大家都輸不起。」

「這和我們生長的背景有關，所謂社會化過程，我們都早已被泥塑定型，沒什麼彈性，只有寄望下一代——。」

秦炎哲打斷鍋巴的話：「你老爸不也這樣說過，現在我們這樣說，又有什麼二樣，沒有根就沒有一切。」

秦炎哲將最後一句話說得斬釘截鐵。

「可是你不見許多人回去後，又失望的回到美國來。」

秦炎哲看著宓秀，答道：「至少他們試過，只要有人肯嘗試，就有希望。」

「曖曖曖，既有今日，何必當初。炎哲，你的牛脾氣一絲未減，那和留下來有什麼兩樣，五十步笑百步——喝酒喝酒，你走你的陽關道，我過我的獨木橋。今晚大家聚在芝加哥，明兒又各走各的——其實，那裡都一樣，沒什麼營什麼，這裏不是我們的地方呢！連用英文罵人吵架都結結巴巴，有時中英文雜在一塊，老美被罵得真是莫名其妙。」

宓秀見鍋巴已有醉意，勸他少喝些。鍋巴根本不在意，繼續發表他的高論。

「你們知道嗎？我那小寶，第一天進幼兒園，就把老師唬得一愣一愣的，宓秀躲在門後哭笑不得。小寶站在教室裏，用中文亂叫亂吼，沒人聽懂他說什麼，還猛怪老師不讓他多發言……」

五個人嘻嚷叫笑，直到夜深，喝掉三瓶紹興。酒意濃時，胡彥中往沙發一躺，很快就呼呼大睡，秦炎哲和鍋巴費了很大的勁才將他抬進房間裏。

# 五

房間裡靜悄悄地，月光從窗滲進屋裏，像水銀瀉地，無處不在。

李蓁從房間出來，秦炎哲望她許久，月光下，梅若芸的影像又在那兒晃動。

「抱歉，沒想到被留住了。」

「沒關係，反正這一趟出來就是看朋友，後天早上以前趕回去就成。怎麼還不去睡？」

「睡不著。」

十一月底的天氣，入夜後，溫度遽降，酒後的身體依然暖和。秦炎哲見李蓁叉著手臂，問她：

「冷嗎？」

「還好，喝了一點酒，酒性還在。」

說著說，就倚到秦炎哲旁的沙發上，仰頭直視天花板許久。

「還記得那年我們一群人到溪頭的情景嗎？」

「喲，怎麼會忘記。妳、若芸、彥中和王襲志。」

「老王還好罷，有沒有他的消息？」

「不錯吧，聽說買房子了，還是人家比較有辦法，一來就拚命打工，最高紀錄一星期四十二小時，也捨不得放著學位不讀，四、五年還打著學生的招牌，其實那點也不像，碩士也該念完了罷？」

「唉，大家都變了。」

「人本來就會變，變多變少而已。鍋巴當年在宿舍，談起時事，罵得比誰都激烈，彥中也不落人後。看看鍋巴現在，房子、職業、家庭樣樣穩妥，嘴巴也緊了——」

「彥中也變了一點，話不像從前那麼多。」李蓁說。

「他的急性子還在，不要看他嘻皮笑臉，口不擇言，其實，他的心地很善良，這妳最清楚了。」

「我知道。」李蓁經秦炎哲這樣一說，臉頰熱烘烘。

「我們這群人還好，沒變得太走樣，你知道林佑中嗎？物理系的，低我和彥中一屆。」

「印象不很深，聽彥中講過，人蠻靜的。」

「現在既不沉默也不寡言了，在紐約石溪（Stonybrook）掌左派大旗，叫得好響亮，統一、回歸論起來口若懸河。」

「真想不到！」李蓁習慣性一甩長髮，很但很淡的髮香。

這髮香，伴著些微酒意，那年溪頭的影像又清晰起來……

那年，五個人拚三瓶紹興（多奇怪的巧合），躺在榻榻米上大睡。梅若芸喝得最少，隔天清晨就起床，倚在走道盡頭輕哼著曲調。秦炎哲從懵懵睡夢中醒來，進浴室沖洗出來，聽到梅若芸的聲音，悄悄地走到她背後。淡淡的髮香，迎著清新空氣飄來。

「早安！」

梅若芸嚇了一跳，轉過身正好倚在秦炎哲身上。

倆人均被這突發的情景弄得滿臉通紅，秦炎哲慌亂中失去原有的拘謹，鬼神差使地往她臉頰上吻。

梅若芸失神許久，然後羞紅著臉往秦炎哲懷裡躲……

髮香依然散佚身旁，酒是故鄉的酒，友是故人，卻不是他數年來朝夕牽懷的故人，如今才覺悟，離那段日子比太平洋數千哩還遙遠。

「妳聽過若芸提起她母親沒？」

「難道你不知道若芸母親去年去世了。」

「是嗎？我一點也不知道。」秦炎哲說得很平靜，可是這消息對他是極大的震撼。

如果出來時，照實對梅若芸陳述她母親在美國的情形，或許……

「幾年前從洛杉磯初進美國時，曾應若芸之託，拜訪過梅伯母，沒想到……」

這次輪到李蓁感到奇怪了。

「咦，妳見過若芸母親，從來就沒聽你或若芸說起！」

秦炎哲嘆口氣，苦笑道：

「過去的事就不要再提了。她過得很好，我就沒什麼牽掛。幾年來一直掛念著的也是這件事情，要問也無從問起。梅伯母既然往生了，或許，若芸留在台灣的抉擇沒錯。如今，所有的假設都是多餘的。」

突然間，四周都黯淡下來。

住宅區的夜深沉寂，院裏風吹林梢的沙沙聲都非常清晰。

眼前的人影不是梅若芸。李蓁模樣和若芸相異，髮型、身材卻頗相近，怎麼這兩日來一直想著梅若芸附在她身上出現——秦炎哲想。

「我該去睡覺了，明兒還得趕路回學校。妳早點休息。」

秦炎哲走到房門時回首，李蓁還坐在沙發上，那身影看似梅若芸，雖在酒意微濃的夜裡。這一次，他知道梅若芸永遠不會再出現了。

「小蓁！」

「嗯。」李蓁將頭轉至秦炎哲的方向。

「我還沒謝謝妳替我將那本詩集帶來——You know how much I appreciate that！」

李蓁楞著見他的身影消失在黑夜裏。

她仰頭對天花板思索許久，直坐起身之際，看到桌上那本鄭愁予詩集。翻開扉頁，梅若芸的字跡崁在書頁裡。題辭之後，不知何時多了秦炎哲工整的筆跡：

折得一枝香在手，人間應未有。
疑是經春雪未消，今日是何朝。*

# 六

回程再趕到那旅店時，已是天黑時分。一進們就看見雷渡拿夫人單獨坐在前天的座位上。她一見秦炎哲和胡彥中，疲憊的眼神瞬間產生光彩，想立起身，那知座位太靠近桌子，僅起半身又沉重地回到座位。

「真高興又見到您，雷渡拿夫人，抱歉我們這麼晚才到。」

「沒關係，你們並沒說一定會來，我只希望如果你們早些來，我們可以多談一陣，我在這裡等了兩小時左右。」

說著說，似乎掩不註她的興奮，道：

「你們可以叫我莉萊，如果你們願意的話。」

「您的書我大略翻了一下，我注意到有些部分用紅筆圈出來，我猜測那些資料與您有關。」

「我家的，親友的，還有拜茲家族的。」

一談起愛沙尼亞，莉萊話就滔滔不絕。她幾乎記得許多細節，一會兒激動，一會兒嘆息，似乎要將數十年的歷史陳跡，一件件攤在這兩位萍水相逢的東方青年面前。

時間於她是靜止的，只有過去，沒有現在，更沒有未來。然而，在秦炎哲和胡彥中身上，時間催著人往前奔馳。突然間，秦炎哲想到，是不是有一天他會像眼前的莉萊，重新數算年少時的過往。

「我這幾天數算了多少？」秦炎哲自我解嘲。

夜幕逐漸下降，秦炎哲看著手錶，都快七點了：

「時候不早了，我想我們不得不告辭，這兩本書還您，謝謝您，莉萊！」

---

＊　王安石的〈甘樂歌〉。

胡彥中在旁沉默無言傾聽，這時，突然問道：

「雷渡拿太太，您就住在這旅館裏嗎？」

「呃，不。我在附近的安養院哩，只是偶兒來這裏走走，不然也不會遇見你們。」

「那您怎麼來的？開車嗎？」

「唉，我手腳不靈光，開不了車，搭計程車來的。待會兒託這裡的服務生幫我叫輛計程車回去就是。」

「炎哲，我們送她回去好不好？」

胡彥中知道秦炎哲不會拒絕，拉開椅子，替莉萊拿過書本往外頭走。莉萊喜出望外，推辭幾句，終於上了秦炎哲的車，一路上還反覆說她不想太打擾倆人趕路的行程。

安養院坐落在T鎮大道附近，四層的建築物，入夜後燈火並不輝煌。幾輛車停在門前道上，陸陸續續幾對中年夫婦和小孩攙扶著年邁的老人進門。感恩節假期的尾聲，過了今天，年輕人又忙著各人的事業。

電梯旁會客室的沙發椅上，幾個上年紀的婦人聚在一塊聊天。一位婦人見雷渡拿夫人和秦炎哲、胡彥中進門，連忙走過來擁著她：

「親愛的莉萊，妳終於回來了。我正急著妳到那裏去了，整個下午不見人影哩！」

然後，她望著秦炎哲與胡彥中：

「哦，你們一定就是她所說的年輕人囉！我們院裏上下都知道莉萊認識了二位東方人。蓓蒂還在猜測你們會不會回頭來看她，你們真是好孩子！」

莉萊的房間陳設很簡單，小客廳擺著幾盆花草，一張綠色的沙發，廚房連著客廳，冰箱在角落，一套微波烤箱放在櫃檯上。

客廳的電視機上有幾張豎立起來的卡片。

陪他們上樓的老婦人原來是莉萊的室友沙苓，拉脫維亞人，雷渡拿夫人先生逝世後才認識的。兩人一塊已三、四年。

莉萊從櫥櫃拿出一盤糕餅，說是昨天特別烤的。

秦炎哲和胡彥中本想送她回來後就上路，經她一說，只得坐下來品嚐。吃個精光後，秦炎哲堅持幫忙收拾，莉萊挨不過他，只好在一旁觀看。

洗盤子時，秦炎哲手上的繃帶被水濺濕，傷口隱隱作痛，遂把繃帶解開。這情形被莉萊看到：

「秦，你的手受傷，讓我看看。腫起來了哩——來，我替你包紮一下。」

她那肥胖略微笨重的體軀費力彎身去翻尋。

胡彥中見她從兩人進房後，不是忙著端水，拿糕餅、糖果，就是走來走去，已忙得滿頭大汗。如今彎下身翻尋許久，似無結果。遂說：

「讓我來幫您忙吧！」

找出棉花繃帶後，莉萊卻堅持要自己動手。秦炎哲不忍拂逆她意，只好由她。

莉萊拉過秦炎哲的手，顫抖的手在傷口處搓著棉花，一卷繃帶掉到地板上好幾次，最後還是胡彥中協助才勉強竣工。

告辭時，秦炎哲對莉萊說別送了，莉萊堅持伴著他們下樓，才出電梯突然想起什麼似的，吩咐兩人稍等她一下，又轉進電梯去。再下樓時，手裡拿著一包糖果，還有一小瓶藥罐，往倆人手裏塞：

「這是我幾粒消炎止痛的處方藥，暫時緩急。如果傷口沒消腫，可要找醫師看看。」

秦炎哲一時不知說甚麼才好，緊握著她顫抖的手。門外的風吹得他背脊發寒，莉萊的手卻暖呵呵地。

「莉萊，您快進去，外頭風颳得緊咧。」

猶疑幾秒，趨身在她臉頰親了一下：

「願上帝保佑您以及愛沙尼亞，我們後會有期！」

胡彥中將車子轉入漆黑平原上的高速公路時，秦炎哲望著窗上自己的影像與手上的藥瓶。

梅若芸的輕笑聲、李蓁的髮香、鍋巴的豪飲，黯淡燈光下莉萊年邁的身影……

「還有二百哩路要趕。」胡彥中道。

秦炎哲應了一聲，不曉得說給誰聽：

「反正一直走下去，遲早會到家。」

家？幾年留學流浪生涯，從沒想過這個問題。家遠路迢遙，年紀還輕，總有還鄉的日子。

莉萊呢？路遙歸夢難成。梅若芸母親呢？葬在一個陌生的國度。這一趟時刻浮著這個問題：

「如果是現在，也不會被那時的景象嚇倒，也不會難以提筆向若芸啟齒而音訊渺茫……」

秦炎哲剛來美國，在洛杉磯轉機前，利用空檔拖著來接機的朋友往郊區Santa Monica探望梅若芸母親。只知道若芸十五歲喪父後，一直和祖母住在一塊。母親很早以前就改嫁給一位美軍顧問團的工程師。

按著住址踏黑尋到一家住宅，按過門鈴一陣，一個滿嘴酒氣、衣衫零亂的老美怒沖沖應門，見是倆位東方人，吼道：

「你們這是幹啥來的？」

秦炎哲才入境沒幾個小時，被老美亂吼一通，結結巴巴一時應不上來。還是他的朋友老練，三言兩語說清楚訪史汀遜太太來的。

他身後出現一位神態清秀的東方婦人，梳理著散落的頭髮，聽說是若芸的朋友，連忙請他們進客廳坐。

史汀遜酒後語無倫次，從高棉到越南，輪番批評一番。梅若芸母親好不容易哄著他進臥室，可是坐在客廳哩，還聽得到臥室醉漢的吼聲。

梅若芸母親有點尷尬，秦炎哲也坐得難過，沒多久就告辭了。

那之後幾年，秦炎哲再也沒有見過梅若芸的母親。

當初只怪梅若芸不肯跟他一起留美，這麼多年與祖母相依為命，叫她如何行得。見過梅若芸母親後，才知道事情沒想像中單純。她來這裏也不會很好過，那麼在那裏都是一樣。

在那裏都是一樣，鍋巴也這麼說。是嗎？

「我所渴望者、追求者，只是單純適意，心無雜慮地呼吸著；思緒所至、伸手所及之處，不著絲毫牽掛之縷，可是竟然這般困難。」

漆黑中車輪滾滾，寒意霎那間籠罩過來。

# 七

感恩節後一陣大雪，冬天就留住了。這年的冬天奇寒，秦炎哲的老爺車苟延殘喘後也跟著冬眠。

寒地裏唯一的好處是，血凍心寒之際，所有思緒就跟著凍結，甚麼都不用想。從芝加哥回來後，秦炎哲寫過一封信問候莉萊，約好聖誕節後去探視她。

一個夜晚，秦炎哲從實驗室出來，街道上冷風咻咻，渾身老鼠味道經華氏零下的寒風一吹，消散無蹤。裹著一層一層的羽毛衣，只露出二隻眼睛，風卻從每一層空隙侵入骨頭。路旁的積雪像一排綿延不斷的小山丘，人行道上的冰層在月光照襯下，烏黑發亮。

回到斗室中，房門留著一張老美室友的短箋：

秦，沙苓從威斯康辛打電話來。

莉萊．雷渡拿今晨逝世，葬禮訂於十二月二十二日……

秦炎哲簡直僵住，腦中一片空白。

死了，怎麼可能，幾天前還寄聖誕卡給她。

心理如何也無法接受這個事實。僅僅見面兩次，旅店中莉萊神情恍惚地遙望遠方，還有三番兩度握不住繃帶彎下身軀的情景，仍歷歷在目——可是，怎麼不可能呢？梅若芸母親妳只見過一次面，死了一年多你才知道。

寒意從腳底升起，秦炎哲拿起電話撥著莉萊的號碼，五響，十響，二十響——就是沒人接。

秦炎哲沮喪掛回話筒，手背上的疤痕在昏黃燈光下，竟然幌動起來，他把頭埋進自己懷裡。

窗外雪花飄零，萬籟俱靜，好似這世界上什麼事情也沒發生過。

## 八

「……讓塵土歸屬塵土，你們知道，凡到耶穌跟前來的，必不會被丟棄……確信將得到榮耀的復活，與享受永遠的生命。」

秦炎哲站在一群陌生人中，注視著牧師行儀。

「莉萊，願我能掬把愛沙尼亞的泥土，撒在您歸骨處。可是，它那麼遙遠——」

葬禮後，秦炎哲陪伴沙苓一道回安養院。路上，她邊流眼淚邊數說莉萊的往事。訝異的是沙苓對感恩節發生的事知道的一清二楚，莉萊一定對她重複過好幾次。

「秦，謝謝你來，莉萊一直惦念著，說你聖誕節後要來。如今，你來了，可是她永遠見不到你了。」

不遠處飄來聖誕節的曲調，雪花隨風飄，花鹿在奔跑，聖誕老公公，駕著美麗雪橇……

「沙苓，我得走了。」

「秦，你還要不要看莉萊的房間？最後的憑弔。」

莉萊房裡的擺設和三星期前一模一樣，那兩本書擱在沙發旁的茶几上，底下還有另外一本書，是英文版的愛沙尼亞詩集。秦炎哲隨手翻閱，掉下一張卡片，撿起來一看，是他幾天前寄的聖誕卡，正夾在一首詩頁裏。詩的末段是：

喔你依然在我周圍四處
雖然
你在我們遙遠的家園
遽眠於
白楊暗影下的花毯下*

---

* 譯自Arved Viirlaid："I Waken". *Anthology of Modern Estonia Poetry*, University of Florida Press, Gainsville, 1953。原文是：

Ah, you are everywhere beside me,
Although
You are in our far-of homeland
Far asleep
In the birch's shadow
Under a blanket of white flowers

# 尾聲（翌年）

小蓁：

四月是台北的梅雨時節，那種愁煞人的滋味你一定記憶猶新。離國數年後，置身梅雨中，感覺比什麼都來得親切。

行年愈長，飄海負笈異域的歲月，懂得鄙視，也相對能諒解。可是每當想起我那段歲月，最先映入腦際的竟然是莉萊的身影。走遍全美的華埠，也見過無數華人，男女老少都有，覺得他們好遙遠，竟然不如莉萊歷歷在目。或許是莉萊已不在人世的緣故，而我見過的那些同胞仍好好的活著，至少在表面上是這樣。我希望他們能從心底裡愉快地活在別人的土地上，可是妳也知道，唯有在我們自己的人群中、土地上，才能毫無所牽掛隨心所欲地呼息著，我這樣說，妳一定可以瞭解的……

炎哲　四月二十日台北梅雨中

# 醫者的塑像

本文完稿於一九七八年四月十七日雨夜，彼時客居美國明尼蘇達雙子城，正為博士論文苦戰中；曾發表於《聯合報》副刊。二〇二一年元月十二日從原草稿（《幼獅文藝》海外專用稿紙影印本）以電腦輸入重繕。

## 一

我注視著棋盤常考苦思時，竟沒注意到高老醫師什麼時後將燈扭亮了。

四月是梅雨的季節，老天哭喪著臉，一連幾天開朗不起來。我在家裡埋首案頭一早晨，讀得心煩，午後就騎著腳踏車到高診所來找老醫師圍棋。下碁輸了第一局後，第二局情形更糟，一條數十子的大黑龍竟然只做成一目。我四處投石問路想殺出重圍，老醫師卻一眼就看透我的葫蘆裡賣甚麼藥。

怎麼辦？我拿著黑子輕敲著棋盤。

整個下午，診所裡靜悄悄的，只有牆上鐘擺滴答來回和落子的聲音。

我揚眉望了老醫師一眼，他沒留意到我的動作，仍然專注著盤上的棋局。

「就這樣下吧。」我數算黑龍的氣，似乎發現一線生機，夾起黑子飛了一個小馬掛。

可是他僅僅微笑了一下，胸有成竹就衝著我的黑龍當頭一斷，再落二三首棋後，我才發現根本逃不出去。這麼輕易就被逮住，使我有點喪氣。

這時候，門口進來一位婦人家，由於是整個下午除我以外第二個訪客，所以我將視線從棋盤移到她身上。

三十多歲的婦人家，頭髮散亂，眼圈發黑，幾天沒睡好似的，神態疲憊之至。她怯生生地喊了一聲：「先生！」

高老醫師端詳她一會兒，才認出這問婦人家：「是妳喔，小孩怎麼了，沒到台大醫院去？」

婦人經她一問，眼睛紅起來，淚珠就跟著打轉：

「先生！我悔恨無聽您的話，他已經連續五天不省人事，醒來就吐，吐不停，醫師就打安眠針讓他繼續睡覺。我看小孩睏得無知無覺，一點主意也沒有，心慌得很，只好再回頭來請教您的意見。」

「小孩現在在哪裡？」

「陳外科。」

「那日妳帶小孩來時，我就跟妳說巴賓斯基徵候很明顯，頭殼內出血的可能性大，吩咐妳去台大醫院或高雄學醫學院，妳都不信，現在來問我有什麼用？」

「我看那日小孩還活潑活潑，沒什麼異樣，想講只是指被棒球擲在腦後，人也沒昏倒，以為沒先生講的那麼嚴重。帶去陳外科，那裏的醫師說沒關係，針打了，藥也吃了，回家後隔日才開始頭昏目眩，吃的東西全部都吐出來，趕緊送去陳外科入院。一星期來醫藥費已經花掉二萬元，病況沒轉好，連人都不認識了……」

我來高診所下碁半年餘，沒見過老醫師發火，頭次碰到他對病人發脾氣。

「妳想，妳看，喔，醫師那麼好當，誰都有資格開病院收患者了。那種要動大手術的病我要是有把握醫，也不會勸妳去台大醫院了。陳天賜大忙人一個，哪有空慢慢檢查小孩病情……」

陳外科，陳天賜，會是陳朝駿陳條的家嗎？我腦子一轉。

陳朝駿是我初中與高中的同班同學，台語的巢和條同音，所以大家都陳條陳條的很順口。這兩天學校放春假，陳條從台中開著他那輛福特千里馬回來，約好今晚去他家胡蓋，他剛進大學，又是醫學院的學生，亂神氣一把的。而我，名落孫山，待在家裡苦讀，準備夏天捲土重來。

已經四月初，剩下一百天不到。想到這裡，我心往下沉，思緒一亂，再也沒心情去留意老醫師的話，兩眼瞪著碁盤發呆。

婦人離開後，我們重回碁局纏殺。我的黑子仍陷於重重圍城中，絞盡心思做困獸之鬥，都被老醫師輕描淡寫擋住，最後我只好棄子投降。

「後半局下的太沒道理，怎麼回事？」

「突然想到離聯考只剩下不到一百天，心就慌起來。」

「不要太緊張了，得失心太重反而不好。日據時代考醫專，回鍋二、三次是很平常的事。還要不要再下一盤？」

我看牆上鐘的指針重疊在四點半左右，已近晚餐時分，今晚還要去陳條家，遂說改天再下。我騎上腳踏車向老醫師點頭再見時，留意到掛在門旁的「高診所」三個大字的白漆已被歲月侵蝕得晦黃剝落、模糊不清了。

## 二

我回家後不久，父親就下班了，進門就問念書跟上進度沒。我靦腆著回答生物只溫習完第三遍，餘者尚可，告訴他下午心煩讀不下書，去找高老醫師下碁。

父親的表情很不以為然，拍拍我的肩膀：

「只剩下三個月了，多忍耐一些，聯考完好好玩個痛快。圍棋太傷腦筋，讀不下書時，多休息或運動運動較好。」

我去年夏天聯考落第後，留在家裡自修準備重考。父親為了讓我專心準備考試，連電視機都收起來。我原來讀甲組，對化學很有興趣，聯考填志願時，所有公立大學的化學系填完就沒繼續，結果連最後一個志願都沒被錄取。今年父親堅持我轉丙組考醫學院。

我瞭解母親堅持的理由，父親當年台北醫專二年級時轉到農學院。如今，年過半百兩鬢星白，只當到縣政府農林科的科長。陳條的父親陳天賜和父親當年同窗，如今是市區炙手可熱的人物，出手很闊，神氣得很。我是家中獨子，有前車之鑑，母親不希望我步父親後塵，夢想有一天能像陳天賜一樣，替她揚眉吐氣。

父親倒沒那麼直接要我學醫，只說我的前途讓我自己決定，不過他建議我花一、二天時間到醫院實際見識醫生這門行業。

由於父親和陳天賜的關係，加上我和陳條同學多年，我就到陳外科實地觀察了一天。

我仍記得那個夏天早晨到陳外科時的場景；諾大的診療室已擠滿候診的病人，老年人與婦人家攜著幼兒者居多。有些是鄰近莊稼來的農婦，大熱天還裹著層層稼衣，大概是清晨做忙完後就趕著進城來；幼兒的哭聲此起彼落，喧嘩滿室。還有二、三個和我年紀相似的年輕人穿著油垢的工作服，手臂裹著紗布，想是工廠裡的黑手。

護士小姐們穿梭在診間替患者量體溫，白色的制服和周圍的人群衣著成強烈的對比。

陳醫師八點半開始門診，護士小姐輪流替他叫喊掛號。我坐在候診室的長板凳上，陳醫師大概沒注意到我，即使有，他也一時抽不出時間和我對話，我無意去打擾他。

置身在我從未接觸過的人群中，初次感覺到生老病死的焦慮。陳醫師細皮潤肉的福相，莊稼婦曬得乾黑臉孔的樸拙，年輕黑手漬著油垢的工作服，長的這麼大，我終於聞息到生活真正的層面，遂想起父親兩鬢灰白日趨老邁的神態。

將近中午時分，病患減少下來，陳醫師看到我了，就走過來和我寒暄，問我見習了一早上的感想。

我照實將內心的感觸敘述給他聽，他只是揉揉肥厚的下巴，笑了幾聲，接著就說明讓我來醫院實地觀察是他的主意：

「你歐多桑講你想當科學家，我知道了就建議他讓你來看看這年頭還有什麼行業比醫師更吃香。」

「只知道空談理想，這年頭的社會誰和你談那些東西。那一個人不看你口袋的實力如何，有錢說話聲音就大，沒錢喊破嗓子也沒人理你。我不是講你歐多桑怎樣，昔時他如果不轉系，今天也不至於還當個窮科長。當醫師的好處是自由自在，生活不必煩勞，只有人家求你的時候，用不著看人家臉色過日子。理想能當飯吃？科學家還不是靠薪水糊口。」

我站在那裏聽他講話，有點迷惘。雖然對醫學是門外漢，至少還聽過史懷哲，而陳醫師口中的醫師，和史懷哲怎麼也扯不上邊。

「我年輕時還不是和你一樣，哲學、文學、音樂、美術樣樣通，可是柏拉圖、亞里士多德能當飯吃？你父親琴拉得那麼好又怎樣了，你少年人不知道哲學、文學這些東西是有錢有閒人的玩意啦！」

我覺得他語氣中有點輕蔑我的味道，心裡很不爽，可是聯想起父親很久沒拉小提琴的事實，不禁黯然。

陳醫師見我不吭聲，以為我被他說動了，滔滔不絕繼續他的高論，我聽進去的實在很有限。

那天下午，雷雨奔騰，門診病人被雨擋著裹足不前，陳醫師知道我喜歡下碁，說難得清閒，竟然邀我對奕。他說高中時代是四級的碁手，我自認有五級的實力，就答應了。

陳醫師有一副看起來很名貴的圍碁，黑、白卵石細磨的碁子，碁盤是厚重的紅檜木。對弈時，我見他自信十足，落起子來只好小心翼翼，而他往往不加思索就落子，殺氣甚重。慢慢地我落居下風，左右兩條大黑龍逐漸吃緊，連下方一條小黑龍也命在旦夕，而他絲毫不放鬆，步步逼人，他臉上自信的笑紋愈明顯，落子更加速，對我的慢條斯理長考開始有些不耐煩。為了要追擊我下方的小黑龍，他竟然侵入我右下角的地盤，沒想到被我反擒十餘子，這樣一來我右邊的大黑龍跟著串成一氣，變成個活局。

等他發現鑄成大錯時，已經來不及班師回朝，嘴角的微笑凝住了，臉逐漸漲紅，最後紅得像關雲長。他用日語低聲自語許久，我隱約聽到「畜生」兩字。

當晚父親問我對醫師的印象時，我答道贏了一盤碁好樂，對醫生的看法一時說不上來。

# 三

吃晚飯時，母親又提起康樂路的徐高明內小兒科，我聽得實在很不舒服，尤其不久前在高診所認識的藥廠業務代表老許，無意中洩漏徐高明醫師發跡的手段後，反感甚深。可是我連大學都沒考上，說話一點分量也沒有，母親說等我自己考上醫學院時再擔心那種事還不遲。

這半年來，往高診所弈碁跑的稍勤快後，偶而和高醫師聊天，把我所聞所見的醫界軼事和他討論時。老醫師從不正面承認或否認那些傳聞，只說一種米養百種人，這世界上千奇百怪的事都有。他說當醫師不容易，當好醫師更難，這年頭的病人進醫院看病，不拿藥打針總覺得治不好，很多病況根本不需要打針或吃藥就可痊癒，人類自身就是最好的藥方。我還記得這樣說後，高老醫師苦笑著對我說，他只懂得看病，不懂得開業。

我父親對高老醫師有很深的敬意。我第一次到陳外科見習回來後，他覺察到我對轉組考醫學院不很起勁，鼓勵我去和高老醫師談談。他說如果我將來走上學醫的路前，應該要知道這社會上還有像高老醫師這樣的良醫。

我第一次到高診所拜訪他時，正好遇上他和家人對奕。我沒聲息悄悄一旁觀著。他盤坐在棊盤前低頭長考紋風不動，像一座深固的磐石，蒼勁的白髮映襯著歲月的風霜，落起子來鏗然有聲。有一位年過半百衣著樸素的婦人，每個一段時間就走過來替他添加熱茶，見我靜立一旁，僅對我微笑了一下，我後來才知道她是高診所的女主人。

以後，我往高診所下碁時，父親很少阻止我，反而勸我多聽高老醫師的教誨。所以，我相信父親要我轉組的動機，絕不是為了金錢。祖父年前病重，群醫束手無策，他對母親說後悔當年醫專沒繼續念下去。我長這麼大，第一次聽父親說那樣的話。

我最喜歡在高老醫師的書房下碁了，滿室書香，寧靜而安詳，不像陳外科金碧輝煌，氣勢逼人。

年底時，我終於決定轉組考醫學院。

# 四

往陳條家路上，遠遠就看到徐高明內小兒科耀亮的招牌，再走近些，旁邊三行字清晰可見：

國立台灣大學醫學院畢業
美國醫師考試及格
前台大醫院主治醫師

才過三十五歲，回鄉開業不到五年，醫院擴充了三倍，一年一棟樓房。每次經過這裡，我就想起藥廠業務代表老許的話，很難相信有那樣的開業手段，可是出自老許之口，而且是他無意中透漏的，可信度一定很高：五百西西的百分之五葡萄糖點滴液，抽成百分之十甚至百分之二十五的二十西西葡萄糖靜脈注射液、感冒退熱針是阿斯爾匹林粉末溶在蒸餾水調配的；二西西的肌肉注射，聽說不大會起不良反應。

我雖然不瞭解為什麼那麼多人喜愛打葡萄糖針，但百分之二十五的溶液和百分之五作用一定不一樣，化學課本上寫得清清楚楚，濃度和化學反應成正比，葡萄糖是碳水化合物，濃度不同，分解時產生的熱量就不一樣。

聽說本錢算來算去，頂多節省一半，三、四元針劑的成本，向病人收二、三十塊。徐高明原是老許藥廠在市區葡萄糖注射液與感冒退燒藥最大的主顧，發現這妙方後，訂單銳減，那麼一點小錢也不讓別人賺，害他老闆屢屢追問是不是生意被別家藥廠搶走了。

前嚮子，我在轉組間徬徨時，做了一個惡夢，居然夢到徐高明醫院的樓房是一塊一塊骨頭砌成的，夜半時，嚇出一身冷汗。

陳條家在市區中央鬧區附近，離徐高明內小兒科四條街，我將腳踏車鎖好後，見到還有幾位病患在候診室裡，門口一輛計程車喇叭直響，刺耳得很。

陳條的母親鄭皓從裏頭出來，把一個信封塞進車裏，和司機說過幾句話後，望著計程車遠去，回頭和我說話：

「阿銘，你拚得如何了，今年進醫學院一定沒問題啦！這年頭醫師真不好做，運匠這一來也要紅包，那一去也要紅包。阮做醫師的為酒家店查某，賣笑還得賣肉。你看，紅包稍慢幾分鐘，喇叭就按得家裡死人似的。」

我知道陳條母親很能幹，陳外科裡裡外外都由她招呼，所以她永遠塗抹的明豔照人，可是我不習慣她那種像唱戲的裝扮。高老醫師的太太和她相較土氣，然而容易親近許多。

我跟在陳醫師聊後頭時，忽然想到我的母親，她和陳醫師娘是日據時代高女先後期同學，母親班上嫁醫生的有二十多位，同窗會時各個珠光寶氣，也見怪不怪光彩得很。人比人氣死人，也怪不得她如此又逼我轉組，尤其聯考落榜後根本沒我說話的餘地。

經過病房時，我看到下午在高診所碰見的那位婦人。她大概認不出我來。陳條母親吩咐我自各兒進屋子裡去，她停下來和那婦人說話。婦人不知對她說了什麼話，我遠遠聽到陳醫師娘的聲音：

「要退院喲，妳看，那麼嚴重，不好移動，再過一、二天看看……」

陳條的頭髮愈留愈長，進大學半年多已長得可以披到腦後。我原以為陳條邀約的都是初高中時的老友，進客廳裡才知道都是陳條醫學院的同學。成大的小李臨時打退堂鼓，除陳條外，我就沒熟人可談，覺得很尷尬。

幾個人談來談去都是大學的新鮮事，郊遊、舞會、馬子。我像個土蛋，如何也插不上嘴。偶而有人善意問我重考準備得如何，給我幾句經驗之談外，我發現我的在場竟屬多餘，敷衍虛應一番，我只好沉默一旁。

有人提議要打麻將，問我想不想湊一腳。我說不會打，陳條從旁慫恿：「我教你，這容易得很，一學就會。」

「這是我們醫學院大一必修學分哩！」

我有點不相信。我知道雖然大學功課不像準備聯考時繁重，大學生說打麻將像話家常實在無法想像。

陳條的同學幫忙把牌桌擺好。淅瀝嘩啦洗起牌來。

「等你考進去就知道，醫科難考而已，並不像傳說中那麼難念。」

「抄抄筆記，做做考古，一星期念個三、四天書就行，絕不會被當。反正，將來執照一拿，掛牌開業，誰問你大學成績如何？」

陳條坐在我旁邊指點，他抓牌出牌的時候居多。我心裡很複雜，如果我真進醫學院——陳條成績差我一大截，都考得進，我只要再拚三四月應就沒問題，多少醫學生的生活像他呢？

我一直以為醫學對我是陌生的事物，所以當初很難接受它。還沒踏進學醫的途徑，卻耳聞目睹許多難以想像的事時。我愈接近它，震撼愈大。而陳條和他的朋友，看他們的樣子。卻好似生下來就具備讀醫的因子，接受得那般坦然，不著絲毫委屈。

我愈想心愈亂，陳條有事一離開，我就連續出錯幾張牌，當了一次相公。憋了幾十分鐘，我堅持讓陳條上場，藉口要回家準備考試向他們告辭。

「加油啊！迎新會上見。」

有人對我這樣說。我心裡開始猶疑要不要填那個醫學系，可是看他們的悠哉狀，又覺得犯不著衝著他們談。畢竟，我還沒錄取，母親每次都告誡我少胡思亂想，等我考上醫學院後再擔心旁的事。

然而，我如何也無法消除心中層層的疑惑。

## 五

我牽著腳踏車沿著康樂路慢慢走向家。自從我年底決定轉組考醫學院後，從未像今晚這樣傍徨過，經過徐高明內小兒科時，看到台大醫學院畢業七個大字，遽然嚇出一身冷汗。

我繞過民族路，經過高老醫師家時，診所已經關門。一盞小燈懸在門庭上，黯淡的燈暉下，剝落的白漆高診所三個大字旁隱約還認得出「日本名古屋大學醫學博士高天義」一行字。

老許曾說，他每次出差一定去高診所下碁，生意歸生意，人情歸人情。高診所藥品消耗量有限，難得訂貨，可是只有從高老醫師處，他才真正理解「懸壺濟世」四字的莊嚴。

我問過老許，為什麼高診所病患稀疏可數，他的解釋我並不完全明白。他說醫德、醫術、醫業三者並非相輔相成，樣樣藥到病除的醫生不見得是良醫，再者高貴藥的藥袋裡一粒粒膠囊不見得有多高貴，其實只是自行調製的抗生素混合物。

或許，我對醫生的期望太高。醫生也是人，人有人的極限，我無法接受的是為什麼這個極限門檻不像醫生這行業皆事的濟世救人原則那般崇高，棄之如草鞋。

高老醫師的話彷彿又再我耳際響起：

我早已過了激情的歲月，不懂得憤世嫉俗。世間的歲月有如碁盤，或千變萬化，或平淡無奇，未到終局皆不知勝負。如今，只有故人舊歲才能在我心底深處激起火花，然而亦是瞬間即逝，之後，萬籟寂靜復歸沉寂。一次又一次，這些激起的火花愈閃愈遠，最後只剩下一片黯暗，可是我能坦然走向黑暗而無所懼。於我而言，學醫難，行醫更難，每位醫師都選擇他自認最合理的方式懸壺，至於如何走法，見仁見智，我盡量避免用我自身的標準衡量他人……

夜已深沉，兩旁的住家、商店都已關門。遠處故障的交通燈，黃燈一閃一閃，映著濕漉的路面，在冷落的街道上特別顯著。

我對著黃燈發楞許久。

或許，進醫學院與否對我不是頂重要的事。最重要者，如果我選擇行醫，我要是什麼樣的醫生。

想到此我遂豁然開朗。步子也跟著輕快起來。

# 醫門

本文發表於民國六十六年五月十四日《聯合副刊》。文中人物情節純屬虛構，若有相同，全屬巧合。

宜佳市盛夏的夜晚，王外科的太太趁醫師正忙沒注意時，對護士低聲吩咐幾句就出門了。晚飯的時候王醫師一再說要看李玉也得隔一天，這時候去怕人家誤會有什麼隱情。想想李玉替醫院洗衣服也有五、六年了，衣服只有愈洗愈白，絕不愁發黃，晾起來曬在三樓陽臺上，陽光照得閃閃發耀，說多舒服就有多舒服。老早雖說要買洗衣機，可是像李玉那樣的洗衣婦，實在捨不得辭掉她。如今，孩子死在醫院裏，擡回家後不聞不問，畢竟有點說不過去；而且早上還聽說她丈夫順吉到附近鄉下趕工事，昨晚沒回家，一個婦人家碰到這樣突然的事，不知料理得怎麼樣。不去看看她，心頭像擱著一塊大石頭，如何也安不了心來。

文化路是宜佳市最熱鬧的夜市場，從噴水圓環旁的小吃店到郵局前那段各式各樣的地攤，草藥郎中、成衣、布料、鞋襪應有盡有；靠近大河溝的一段則是水果販零售拍賣的集中地。天一暗下來，臨時架設的燈一盞盞跟著亮起來，在家裏熬不住熱的人，喜歡往文化路夜景湊熱鬧消遣。

「西螺西瓜，一斤三元，二斤五元，數整個賣一粒四十元！」

「葡萄，葡萄十元一串，十元一串，真真正甜的啦！不甜包退錢！」

王太太老遠就聽到阿德的呼喝聲，赤著古銅色的膊子，頸間掛著一條毛巾，不時擦抹額頭的汗漬，左手提著大串的葡萄，右手指著人羣四處揮動。站在高處的阿德，一眼就認出擠在人羣中的王太太，停住他的喝聲，彎下身子和臺下的妻子阿英說：

「喂！牽手仔，先生娘在前邊右方，撿幾串卡甜的葡萄送她。」

王太太看到臺上的阿德，正在想：不知阿英的母親怎樣了？身後叫先生娘的的聲音也飄進耳際。

「阿英，是妳哦，我正在想妳媽媽身體不知好些沒？」

「多謝妳啦，先生娘，阮阿母早上已經可以下床走路了，阮牽仔講這一點點葡萄要給妳拿回去給先生吃。」

「哎呀，常常白吃你們的水果，不好意思——」

「妳那裏這樣說哩，阮阿母才常常白吃你們的藥，先生娘，妳慢慢走喔，我還得幫阮牽仔做生意。」

阿英把裝著葡萄的小籃子放在王太太手中，一溜煙又鑽進人叢裏去了。走過大河溝，路就暗下來。李玉的家在學校後面的巷子裏，低矮的木造房子，年代久遠，再加上稀疏幾盞二十燭光的燈泡，昏黃暗淡。鄰居們三、二成羣聚在路旁納涼，幾戶有電視的人家索性把螢光幕搬到外頭，將聲音開得很響。

沒到李玉家門，哭泣的聲音就斷續傳來，鄰居們看到王太太來表情有點不自然，只有幾戶人家勉強和她打招呼。稍遠處不知誰說了一句風涼話：

「這年頭的醫生仔，看病就是要賺錢。醫好錢是他的，醫死了，是我們的命！」

王太太聽得心頭一愣，顧不得看是誰說這句話，低下頭走進李玉的家。

李玉看見是先生娘進來，眼淚更忍不住，一串串簌簌落下來，哭聲也跟著放大。

小小的客廳裏，角落的黑白電視機外，電扇是唯一的裝飾，其餘就是幾張小板凳，桌子上躺著十一歲的小蘭英，眼閉得緊，雙手安詳地交叉在胸前。她睡在一張塑膠席上，穿著一身大紅的衣服，襯得略微發青的臉頰更蒼更白，底下是厚厚的一大層冰塊，天氣熱，融了的冰流得滿地都是。電扇嗡嗡地吹著，幾根髮絲拂到她臉龐上，屋裏的板凳上坐着一個壯漢，手臂上刺著青紋。順吉不見人影，大概還在工地沒回來。

廳裏的景象看得王太太心頭一酸，也跟著李玉掉淚，淚光中浮起好幾次放假時，小蘭英在醫院樓梯上下走動，幫忙她母親將洗好的衣服弄到三樓曬乾的情景，想到此，兩個女人家眼淚更像決堤一樣哭得鄰居們好生難過。

刺青的漢子看王太太也成個淚人兒，吐出一口血紅的檳榔：「哼！幹妳娘的，貓哭老鼠假慈悲。」

立起身來，踩著高高的木屐ㄍㄨㄤ ㄉㄤ ㄍㄨㄤ ㄉㄤ走出去。

王太太被罵得莫名其妙，李玉喃喃在那兒說話，一時又想不出什麼話安慰她，半響子，才從手提袋裏拿出一疊鈔票，拉著李玉的手：

「阿玉仔，我看妳難過，我自己也不好過，事到如今，只好認了。我想妳可能需要一筆錢用，王醫師不准我來，我只好偷偷過來，他並不知這我──」

說到這，再也梗不住又嗚咽起來，李玉經她這麼一說，更是放聲大哭：

「先生娘，我知妳做人好，所以才會在妳家洗衣服，一洗就是五、六年。蘭英自己命薄，夭壽不是妳的錯，我也沒怪先生。在我哭等蘭英老爸回來，我不知如何向他交代。」

這時，剛才那壯漢氣沖沖的帶著幾個人進來，順吉跟在後頭，一眼看到躺在桌上的小蘭英，衝過去大叫蘭英，摸著她冰冷的手，激動地說了幾聲：

「死了，死了……」

那領頭的壯漢，從李玉手中奪過那疊鈔票，翻了翻：

「你們大家看，五千元，真好死，五千元想要解決這件事，醫死了人，一條人命才值五千塊，豈有此理。」

「你這個人怎麼可以這樣說，我……」王太太很不甘心地抗議，但隨即被打斷：

「妳怎樣，做賊心虛，五千塊連塞齒縫都不夠，回去告訴妳先生，十萬元還差不多。」

李玉聽他這樣一說，停住嗚咽，向著那壯漢：

「大柱子，你那可以這樣向先生娘講話，伊是一片好意……」

「順吉仔，叫你家查某人閉起嘴來。查某人軟心肝，隨便一哄就迷糊了。」

李玉的丈夫順吉才從工地回來，走到巷口，大柱帶著他的弟兄匆匆向他跑過來，平常大柱見到順吉，只有對他吐檳榔的份兒，這下子突然面著他來，以為大柱這批蛇仔想搗他蛋，肩膀一把被抓住，猛搖著他：

「順吉兄，大事不好了，你家死人了。」

順吉聽說家裏死了人，被大柱拖著連顛帶跑衝進家門，果真看到蘭英直挺挺地躺在桌上。昨兒聽家裏的女人說蘭英肚子痛，王外科的先生診斷是慢性盲腸炎，吩咐蘭英媽，如果疼痛加劇，就得帶回醫院開刀。小孩鬧肚痛也不是第一次，何況有王醫師照顧，也就沒去留意，如今被拖著進家門，廳裏直躺著小蘭英，女人哭得眼睛腫得像什麼似的，原是老實人一個，這時刻更是束手無策。

大柱幾個弟兄將王太太圍在中央，口口聲聲要替順吉還個公道。

「妳王外科三層樓蓋得那麼高，出手卻小氣的要命，做醫生的人敢拿就要敢放。」

「啊！那莫怪啦，巷仔巷的廟公幾時前在玩紙牌時就說，王外科的醫生最小氣，每次寺廟捐款都是十元，那裏像張內科，說三百給五百，要五百給一千。」

「阮這些善良人給你們醫生仔吸血吸乾了，吸夠了也得放放血，否則會飽死脹死唷……」

「你做醫生的人，只知道……」

原本熱烘烘的天氣，人一多更悶。四鄰的人圍過來，議論紛紛。

大柱那批蛇仔的吼聲像變形的野獸繞在王太太周圍咆哮，王太太到後來再也什麼話都聽不進，只聽到自己心跳的聲音咚咚的響咚咚的響。

李玉只掩著臉哭哭哭，順吉也問不出事情的經過。

十點鐘，王外科停診後，王醫師見不到太太素梅一道去散步，護士小姐才說先生娘到洗衣的阿玉家去。遲遲不見她歸來，遂開始有點擔心。

結婚三十年，孩子都到臺北唸書去後，家裏只剩下他和素梅二人，日子好像又同到剛畢業回鄉到省立醫院當住院醫師時。夏天的夜晚，兩人常牽著手在附近河溝旁散步。那時月薪才一百元，房租就去了一半，家裏若有病人登門求診，還得素梅走路到省立醫院叫他抽空回家看，有些病人的小孩拉肚子，常要勞動素梅幫忙洗尿布。三十年一晃就過去了，附近的樓房一幢一幢興建起來。同王醫師一道回鄉的同學出門不是賓士，也有豐田，只有他仍騎著本田五十西西的，現在住的房子是在十五年前向房東買過手後拆下來重建的。張內科的醫師往往開玩笑說；王外科如果讓我開，說不定十棟三層樓都有了。可是王外科還是一樣，斑老的樓房已開始剝落，王醫師仍是老樣子，好像別人蓋洋樓發大財，跟他一點也不相干。

王太太回到醫院時將近十一點，進家門看到王醫師，太多委屈一時也說不上來，眼淚直流。在順吉家六、七個大漢圍著她時，竟不知道恐懼，這時卻兩腿抖得好厲害，好不容易才喘下氣來把事情從頭到尾敘述一遍。

「素梅，我早跟妳說了，孩子不幸死在我們醫院裏，這種情形下實在不是我們可以出面的時候。阿玉仔在醫院裏洗了五、六年的衣服，雖然知道她可能需要一筆錢料理喪事，別人很容易解釋成我們心虛才拿出這筆錢——」

「我也這樣想過，可是一方面又想順吉夫妻不是那種人，你也知道，只沒料到竟會碰上大柱這批蛇仔，現在怎麼辦？」

王醫師沉默了一陣，宜佳市裏像王外科這般年紀的開業醫師大都是光復前後台北帝大出身的，隨著社會的繁榮，每家醫院多少都輝煌騰達些，在宜佳市內張內科的聲名比王外科要響亮多少倍。

「問問老張罷，他是公會的常務理事，對醫療糾紛最內行，他那裏一年總會遇上一、兩件，從來也不見得鬧開。」

「錢能埋死人，更能塞活人的嘴巴，大柱仔獅口大開說要十萬，張內科十幾二十萬是小事，我們卻要籌上好久。」王太太憂形於色加了一句。

「不要擔心那回事，大不了上法院解決，十萬元也夠打許久官司。」

王太太接通電話，把情形詳細地解釋給張內科的醫師聽，然後請他和王醫師商量。

「我早就說過了，開業醫師遲早會遇上這種事，你卻一直說不會，這年頭的人心呀！連你這尊活菩薩遲早要被推下油鍋的。」

王醫師正惱著的當兒，平白又被訓了一番，火氣差點上來，可是麻煩事上門，要請人家出面，只好不應聲。最後張醫師答應看在老同學份上，明天下午幫忙調停一番。

夜裏王太太躺在床上，大眼睛瞪著天花板，重複出現著阿玉仔的哭聲、小蘭英和大柱那批蛇仔的魅影，如何也睡不著。身旁的王醫師叫了她幾聲，只好閉起眼睛，假裝熟睡的樣子。這夏天的夜晚似乎特別長，一個晚上數不清她身邊的人翻了幾次身，嘆了多少氣。

大柱和他的弟兄們一大早就聚在王外科門口坐著，九點鐘醫院一開門，大柱上門去一開口還是十萬元解決，被臉色鐵青的王醫師轟了出來：

「你想我當醫生的人賺錢像自來水是不是？龍頭一開錢就跟著出來，天下那有這麼好賺的行業。我王外科在宜佳市立足二十多年，從來沒人找麻煩，今天你一文錢也甭想敲到，要談叫順吉夫妻一道來。」

大柱被半推半趕出王外科的大門，嘴上講著陳順吉是他的拜把兄弟，一切有他在就夠了。王醫師才不買他這一套，下午一點鐘張醫師沒來前，根本不許大柱和他那批弟兄進醫院門口一步。

大柱站在門庭前，搓搓掌，咬著牙，指著王外科門庭上的匾額：

「我倒要看你王外科這塊招牌還要不要，事情沒解決，非把這招牌打爛不可。」

有幾個病人看這批蛇仔張牙舞爪的樣子，根本不敢走進醫院來，搖搖頭就走。整個早晨，醫院沒半個病人進門，冷冷清清的。

下午一時過不久，張內科的賓士轎車停地王外科門前。白胖胖的張醫師步下車子，一見到王醫師，咧嘴笑得像散財的彌勒佛，拍拍他的肩膀：

「早就對你說過，藥費便宜沒有用，人家想敲你還是照敲。十萬塊算便宜的啦，年初時我才賠過一次二十萬。散散財吹吹霉氣，錢往那裏去，還是遲早要從那裏來。」

若不是看在老同學的面上，王醫師就要和他強辯一番，可是形勢比人強，人家依照他的哲學混得開，而王醫師自己永遠在當年行醫的誓言下掙扎，翻不了身。

大柱看到張醫師，態度突然正經恭順起來，拘拘謹謹跟著張醫師上樓。就座後，張醫師斜躺下來，讓身子舒服些，開腔道：

「大柱子，原來是你在那裏舞大旗哦？」

經他這麼一說，大柱有點窘，手伸進口袋掏出一顆檳榔正要往嘴裏送，卻見張醫師推過一包馬伯樂洋菸，嘿嘿嘻笑兩聲，遂抽出兩根香菸，將其中一根和檳榔放進口袋裏，又急忙拿起桌上的火柴替張醫師燃上。

「嘸啦，先生，我順吉兄的查某囡仔給這個醫生仔醫死了，我替伊出面討點安家費。」張醫師將菸頭敲了敲。

「你看他王外科三層樓好卡油，我跟你講空殼子哪，十萬元他那裏一下子拿得出這一筆錢來。」

「先生，並不是我死要這十萬塊，都怪王醫師，那個人硬竅竅，一文錢也不想給，其實，打個折扣五、六萬嘛也可以，要是伊無做不對，王太太何必去順吉家送那一筆錢。」

「大柱仔，我和王醫師當年一齊從帝大出身，開業二十多年。我這輩的，隨便那一個人都不會混得比他差，我認識他這個人幾十年，他是一個標準的書癲，不是開業醫師的料啦。你講伊醫死人，做醫生的誰能保證每一個病人都能起死回生，照我看呀，青青菜菜解決算了。」

「是啦，先生，我也是講這樣就好。」

大柱仔諂媚地笑著伸出厚實的手掌，晃了晃五根手指頭。

日頭正炎，客廳的窗戶全打開了也引不進一紋風，細皮嫩肉的張醫師坐不到幾分鐘就汗流浹背，大柱連忙把廳角的電風扇移近張醫師，還把風速轉到最強上。

王醫師在太太素梅慫恿下，勉強從診療室步上樓梯，寒喧幾句。大柱嘿笑兩聲伸出手來要和他握手，卻碰了王醫師一鼻子灰：

「我們早見過面，用不著再介紹了。」

大柱仍是嘻皮笑臉，單刀直入地提出他的讓步：

「若不是張先生講情，你王外科今天就有好戲看了。今日看在伊的面子，咱們互相互相，大家都好下臺。」

王醫師經他一說，氣得全身發抖，再也忍不住氣，指著大柱痛罵：

「你這流氓，你去宜佳市街頭巷尾探聽一下，王外科的醫生做人怎樣，問看那個三輪車夫、計程車司機收過我半個紅包。那一個醫生開業不會碰到死人，我開業二十多年，開刀從來不收保證金，死人也遇到過，就沒有人像你這樣明目張膽公然勒索，你和順吉夫妻不是親不是故，憑什麼替他們講話。」張醫師沒想到一上場就是這般火爆場面，看大柱被罵得臉一陣紅一陣白，趕緊打個圓場：

「噯噯噯，王樣，火氣免這麼大啦，你歪運遇到那個死囡仔，大柱仔看順吉的妻哭得那個樣子，看不過啦。少年人嘛，講義氣，不是來向你勒索——說得真難聽，花錢去運而已。」

「就是嘛，人家夫妻死了一個查某囡仔，哪裡有心情談這種事，我只不過替他們出面罷了！」

「他們沒有心情我就有嗎？這是甚麼道理？那小女孩第一次來時，白血球已經九千多，叫她母親準備晚上沒改進時一定要來開刀，一放就是一天。昨天清晨來時，神智都不清，白血球升到二萬多，腹肚一剖開，盲腸已經爛了，轉成腹膜炎，大腸結小腸——」

王醫師愈說愈氣，素梅在他旁邊猛拉著他的手，大柱這時被說得憋不下去，「碰！」的一聲，手拍在桌上，連菸灰缸都往上一跳：「臭你娘哩！我才不管什麼白血球紅血球，反正，囡仔死在你醫院哩，事情就是那麼一回事！」

「好啦好啦，這全是誤會，王樣你免說得這麼激動，大柱仔也坐下來，大家心平氣和地談。」

「就是嘛，做醫生的人火氣那麼大，我只要你幾萬塊安慰安慰苦主。」

王醫師才坐下來，激動的回大柱仔一句：

「苦主，到底誰才是苦主，你們這樣找我麻煩，我就不是苦主？」

眼看著剛熄去的場面又要爆發，護士小姐跑上樓說有一車禍外傷的急診，王醫師只得暫時離場，留著太太素梅和大柱理論。走道樓梯彎角處，見到門口圍了不少人，順吉夫妻和大柱仔弟兄們似乎在爭執，王醫師走到前頭，冷冷望了順吉和李玉一眼：

「你們在幹什麼？」

李玉給王醫師一說，淚珠一轉又嗚咽起來，順吉趕緊說：

「先生，真對不起你，給你添了這麼多麻煩，大柱仔不該亂來，讓我們上樓去和王太太與他講。但是，他這些兄弟仔講你不准我們進你家門……」

「誰說的？」

附近的鄰人愈聚愈眾，再加上王醫師一說，大柱仔的弟兄再不好意思擋著順吉夫妻，只好讓他們進去，從而將氣洩在圍觀的眾身上：

「走開，走開，又不是扮大戲，有啥好看的。」

然而，人群退是退了，仍然是三三兩兩在路邊談論。

李玉暗咽地隨在王醫師背後：

「先生，我實在無壞心肝，你對我這好，我怎會……」王醫師倒沒回頭，逕自走向急診室。

二樓的客廳裹，自王醫師下樓後，氣氛較平靜些，大柱無論如何也不肯將和解費降低，一看到順吉夫妻上來，煞是意外，心裏嘀咕著他那夥兄弟怎麼搞的，連這兩個人都擋不住。

李玉一進到客廳，見先生娘和大柱仔爭得面紅耳赤，原已將平下去的嗚咽聲又高了起來。

張醫師說：「你們來得正好。」示意順吉夫妻坐下來把事情談清楚。

王太太卻趁機把李玉帶到後頭的飯廳，留著順吉去和大柱爭議。

「先生娘，我實在沒臉來見妳，替妳和先生引來這麼多麻煩，其實，我一點點壞心意也沒有。妳知道我讀書不多，沒什麼知識，昨晚的事太突然，妳來時，大柱仔正對我說盲腸炎被醫死了，一定是醫生的過失，他要替我們出面解決。我那時什麼心情也沒有——順吉後來問我是怎麼發生的，他老實人一個，聽我講完後，說大柱仔不應該那樣生是非，可是大柱仔的兄弟們擋著我們，說我們只會把事情弄得更糟，而且他們說王先生不准順吉和我進妳家門一步。」

「這些蛇仔實在無賴，走，我們當他面說個明白！」

王太太拉著李玉往前廳去，李玉突然想起什麼事似的，有幾分猶疑：

「先生娘，我……」

「怎麼了，有什麼事情說嘛沒關係。」

「那個張醫師……」

「哦，嘸要緊，伊是先生的同窗，醫師公會的人，替我們調停來的。」

「我是講……他不知會認出我不？」

王太太聽李玉這樣一講，甚是奇怪。

「妳見過他？」

李玉這時候再不好隱瞞，只好照實把事情的經過說給王太太聽：

「先生娘，我實在講給妳知道，蘭英前天早晨從妳家回去後，我只准她吃稀飯，傍晚她肚子餓趁我沒注意，偷吃幾個生芭樂，八點多肚子痛起來，我才知道她吃了那些東西。王先生一再吩咐我不要亂給她吃東西，不好意思再來你們這裡，就帶她去張內科去。張醫師簡單檢查了一下，掛了一瓶鹽水針，我問他是不是盲腸炎，他沒講什麼，我也沒再問下去。那知到半夜，蘭英在床上打滾，我摸她額頭燙得像火一樣……這死囡仔，自己找來的，要怨也要怨我自己……」

李玉的頭髮散亂無章，昨夜除低聲哭泣，睡也沒睡好，說到最後嗓子都啞了。王太太這時才恍然大悟，昨天大清早李玉來敲門，王醫師責問她為什麼拖到那時候才來，李玉老是支吾著不說什麼。

順吉和大柱那一頭聲音愈來愈大，大柱拍著桌子在罵人，王太太和李玉趕緊出去看是怎麼一回事。

大柱臉色很難看，指著順吉大聲怒叫：

「操你的，我大柱仔好心被狗咬，你沒男鳥的，吃了虧不敢說，老子自願替你出面爭口氣，還說我在惹痲煩，現在更要我少管閒事。」

張醫師見王太太和李玉出來，遂稍坐直軀幹：

「好啦好啦，有話小聲講，話大聲也是講，小聲也是講，柱仔兄也是一番好意。大家慢慢講，不然打起官司就更麻煩了。」

順吉道：「我們才不要相告，那來錢請律師。」

「就是嘛，能私下解決就私下解決，要告你們也告不贏醫生。照我看嘛，這樣啦，大柱仔兄講王太太昨晚拿一筆錢要給阿玉仔埋死囝仔，如果順吉夫妻無意見的話，這樣就算了，大柱仔兄弟這兒，等事情過後，由我負資做東擺一桌酒席請大家飲酒消消誤會——」

說到這裏，王太太說話了：

「張先生，你也知道我先生的脾氣，他講一毛錢也不給，昨晚的錢是我背著他作主的。現在事情鬧得這樣，他又氣在頭上，我不敢說他會答應——」

「先生娘，我們並不希望拿妳的錢。」順吉在旁加了這麼一句。

「哼！我說就知道你們當醫生的人只懂伸手要錢，口袋卻縫得一絲風也不透，張先生，你講的那桌酒打算花多少錢？」

張醫師嘿嘿笑了兩聲，抹了抹下巴，接口道：

「給你說當醫生的人都很小氣，我非得擺大酒席不行，五千元的排場夠罷？」大柱伸手從桌上的馬伯樂菸抽出一根，在桌面兜了一兜：

「為了表示我大柱仔不是黑白來的人，張先生那桌酒我替我兄弟們回謝了。這五千元就算咱們弟兄路見不平，拔刀相助，給那個死囡仔燒香紙的，好麼？」

張醫師沒想到大柱會這樣說，臉上的笑容一下僵住了，一時答不出話來：

「這——這——」

王太太覺得很過意不去：

「這怎麼好意思，我們的事情卻勞張先生破費。」

可是，順吉夫妻倆坐在一旁，吭也不吭聲。

「張先生不像妳先生那般小氣巴拉，是不是，先生，看在我大柱仔份上，算做我喝過您的酒席了。」

順吉和李玉什麼話也不說，兩人沉著氣眼直視著張醫師。他望了順吉夫婦一眼，擦擦額頭的汗，笑得很勉強：

「當然，當然，大柱兄說的話就是話，沒問題沒問題。」

大柱那批蛇仔弟兄等他一下樓出了王外科門庭，就圍上來，附近沒離散的人羣也跟著靠近。

「怎麼樣？頭仔，多少錢？」

大柱一巴掌刮在說這句話的弟兄臉上：

「臭你的，狗咬呂洞賓，給你這麼一講咱們真的為錢來的，真是伊娘的白日見到鬼了，咱們走罷，改天再來！」

幾個蛇仔夥伴尾隨他後頭，浩浩蕩蕩向街的一端擺去。

華燈初上後，宜佳市的文化路還是那樣熱鬧，王太太在人潮中穿梭向前，走到路口時往右望一去，張內科的招牌遠遠就可以看到。前陣子聽說張內科隔壁的布店賣掉了，張醫師下午才提起要增加放射治療科，指的大概就是這件事罷。想想這兩天的事，不禁嘆了一口氣。

阿德仍赤著搏子在高起的臺上，扯開嗓子：

「葡萄葡萄，不甜不要錢，一斤十五塊錢！」

阿英不知何時穿出人羣，出現在她面前：

「先生娘，妳要去那裏？阮阿母講伊已經總好囉，叫我向妳和先生說多謝。」

王太太隨手從皮包抽出一張百元大鈔遞給阿英：

「哦，這樣真好，阿英姊等下替我撿一藍葡萄拿到張內科去，講是我吩咐妳的。」

走過大河溝的橋，彎進巷子裏，電視機的螢光幕在不遠處閃現，王太太心裏盤算著等下見到順吉夫妻時，問問阿玉仔隔兩天是不是還來幫醫院洗衣服。

「最好她還肯來，不來的話也沒關係，很早就該買架洗衣機了。」

# 阿北外傳

二〇二一年七月十二日初稿，二〇二二年十二月二日定稿，原以筆名黃品蒼發表。本文內容情節與人物均屬虛構，如有雷同，純屬巧合。

少年聽雨歌樓上，紅燭昏羅帳。
壯年聽雨客舟中，江闊雲低、斷雁叫西風。
而今聽雨僧廬下，鬢已星星也。
悲歡離合總無情，一任階前，點滴到天明。

——宋朝蔣捷，《虞美人．聽雨》

# 一、前言

阿北遽然逝世的訊息，來自朋友群組的轉傳：「在睡夢中過世，初步認為是急性心肌梗塞」。

阿北一九五二年出生於台北縣永和一個基層公務人員家庭，逝世於二〇一八年，享年六十六歲，在醫藥科技發達的現代而言，算是英年早逝。朋友間流傳，之前的星期六與他晚餐敘談，相約下星期一續攤，到約定時間卻不見阿北出現，連繫近期常在他身邊的女伴，才在他獨居公寓的客廳地板發現他已辭世。

那年春節前幾天，阿北的告別式於台北二殯小廳舉行，不大的空間擠滿場裏場外，可見阿北的人氣。出席悼念的來賓包括他師大附中的同學、台大橄欖球隊的隊友、一些曾與他共事或經他協助開展中國大陸市場布局的台灣藥界友人。

阿北在二殯的告別式由他年近八十的大姊負責籌劃，他兩個兄弟近年已陸續離開，也是享壽不到七十歲，大姊是他那一輩家族碩果僅存的成員。短暫的告別式上，我首次見到他兩位從美回國奔喪的子女，阿北大姊身旁的還有一位十多歲的女孩，訃聞上的身分是他義女，近年的女伴卻不見名分。阿北的牽手十年前因胰臟癌辭世後，他大部分的時間都在中國大陸。

COVID-19流行的二〇二〇年初，各方管制規定沒後來嚴格，但二、三年來很少再聽到有人提起阿北的事情，也不知道他在台灣幾件生技製藥產業投資案如何收尾。今年春節前，我突然接到他大姊的電話，約我討論阿北在遺囑中想要成立「東突厥斯坦基金會」的事。我這麼多年來是第一次知道阿北竟然關注這項議題，還留下一筆資金，延續他的理念。

也是因為阿北大姊提出他的遺囑，指明他大姊與我為執行人，負責將他留下的價值新台幣一億元的生技股票轉賣後，成立「東突厥斯坦基金會」的事，讓我相當震撼。仔細回想阿北的一生，覺得該有人替他立傳，撰述阿北精彩的一生，與他深藏內心深處的理念。

我用宋朝蔣捷的《虞美人．聽雨》三段境界，描述阿北的一生，是為外傳。

## 二、少年聽雨歌樓上

阿北曾說，他老爹一輩子基層公務員幹到委任年功俸退休，沒什麼財產積蓄，卻還有能力在外面有個小家庭。也不知他老頭除支持一家嗷嗷待哺的六口人家外，拿甚麼去奉養外頭的小家庭，想起來「也真了不起」，這是阿北對他出身家庭少有的評述。還有，阿北與他大姊之間的情誼甚深，這也是後來他在台灣合創公司的投資夥伴，與他大姊形同一家人，而且遺囑指定大姊為執行人的遠因。

阿北的稱呼，早在他就讀師大附中的年代就存在，因為他的名字有「伯」字，阿伯是高中同學們開始對他的暱稱，阿伯長、阿北短的跟著他；台大橄欖球時代，大家講來講去，覺得阿北比阿伯合適，沒有輩分顧慮。從此，從台灣到美國、列名國民黨黑名單、解嚴初期後回台灣不到兩年轉進中國，逐鹿中原，阿北是大家所熟悉的暱稱。

阿北也常提到，綽號「衝衝衝」的蘇貞昌念台大時也是橄欖球隊的成員，阿北自嘲，「蘇貞昌跟我一樣，加入球隊是因家境不好，球隊的牛奶隨便喝、吐司吃到飽。」雖然兩人年歲差距好幾年，反正算起來都是台大橄欖球隊OB隊員*。

阿北是我師大附中同班同學，當年聯考分甲、乙、丙、丁四組，醫、農學院屬於丙組。我們填志願時，聽一位回母校演講的學長演講，沒有一味順著各校醫學系填志願，我進藥學系，他則掉進農化系，大一的化學、大二的有機化學在校總區同教室上課，兩人情誼不斷。

我們兩人聯考分數離醫學系僅僅幾分距離，卻離不開醫學領域的罩門，後來竟也殊途同歸於生技製藥界，這是後話。

高中時代的阿北狂傲不拘，不大理採校規戒律，但倒也不致結群狗黨幹壞事，只是偶而偷偷抽菸，路見不平，拔棍相助。我們群組朋友最津津樂道的軼事，是一組七個人闖進建中校園，揪出一位建中學生道歉賠償。這事情肇因於先前兩人在新生南路大水溝旁騎車相撞，個兒較小的附中同學的孔明車後輪，被對方用石頭砸得扭曲變形，對方揚長而去。那個年代我們受黑澤明電影《七武士》的影響，認為男子漢大丈夫必須不畏強權，所以一組七人闖進建中校園討回公道。年輕的我們自詡，高中聯考第二志願師大附中學生，學科成績雖然差一點，但是「團結真有力」。我後來也沒聽說有建中學生成群結隊進附中校園挑釁的事情。

大學時代的阿北是橄欖球校隊成員，常穿著短褲運動汗衫，配上日式高腳的木屐，不像當今循規蹈矩的「學霸」。學科考試普遍非其所長，他自嘲是後段班的低空飛過，只是大一時，不知哪來的英文版物理化學與高等微積分，帶進帶出，唬得班上女同學一愣一愣的，是

---

* 註釋：OB指old boy，OB隊員指的是已經退休的隊員。

他相當得意的事情。我們班上的女生看到我與他同進同出時，覺得像是一對odd couple，我斯文他狂傲，我衣著中規中矩，他卻像個流氓裝扮，視為奇景。

大學時期我住在溫州街，兩人從校總區下課後，常走到我家聊天打屁。有一次，他隨手拿起我久未碰觸的小提琴，忘情的自我拉玩起來。同學多年，我從來不知道他也能拉上幾手小提琴。阿北說，他的家境不允許他玩這種高尚人家的樂器，但他就是不服氣，三不五時向同學借過來摸索一番。阿北是一塊未經琢磨的璞玉，反映在他自學拉小提琴的功力，我也順水人情將那把我擱置許久的小提琴送給他。

就是這層師大附中與台大的因緣，將近半世紀以來，兩人之間有如兄弟般的情誼。如果用「親近」形容人際關係，我與阿北之間，屬於「親而不近」的型態。「親」是因高中與大學校友及四十年以上的交情，每次見面親愛如故。「不近」是因大學畢業後，各奔前程，我讀藥學，他學農化，直到他回台灣藥界發展才有機會兩人敘舊。雖然他近二十餘年來，以中國為醫藥事業發展場域，相聚機會不多，但彼此間心理聯繫親密的感覺，始終存在。

阿北台大畢業服完預官後，赴美國北卡羅萊納大學深造，獲得毒理博士學位；雖然日常舉止狂妄不拘，對於阿北嫂從大學時期認識、留美期間結縭到生死兩別，倒是始終如一。阿北常掛在嘴邊的名言，就是那句話：「糟糠妻不可棄！」

阿北在北卡大學期間，我正好也在美國中西部明尼蘇達大學研究所深造。當時一位社會學背景的留學生黃國民主導，共同創立一個「自強互助教育基金會」，其論述基礎為台灣國中的中輟生有百分之六十左右是因繳不出每學期約新台幣三百元的學雜費。國中畢業是當時進入社會的基礎教育，如果連國中都沒畢業，進入社會後的競爭能力就矮了他人一截。「自強互助教育基金會」的訴求是：當時的國中教育，除學費之外，每學期必須繳雜費新台幣三百一十元（約等於美金八元），如果每一位留學生每月捐出一元美金，一年美金十二元，可以支持一位國中學生繳交學雜費；獎學金頒授對象以清寒家庭的子女為主，學業成績次之，以期讓學生順利完成國中學業。這樣的活動在當年民智未開的台灣留學生圈中，引起眾多的討論。有人認為都已實施九年國民教育了，怎麼會有繳不起學雜費的事；有人認為台灣經濟正在蓬勃發展，政府十大建設陸續開展，怎麼強調這樣的負面訊息；還有人質疑，清寒學生如何界定等等。

「自強互助教育基金會」選擇資助的學生，以鄉鎮平均教育程度與家庭收入較低的鄉鎮區國中學生為對象，根據該社團提供的一九七六年教育部「中華民國教育統計」中所列數字，一九七五年國小畢業升學率為百分之九十・〇六，等於是每十位國小畢業生就有一位失學，除生病死亡出國等原因外，經濟困難是重要的因素。

阿北是「自強互助教育基金會」在北卡的主要聯絡成員，後來因參與北卡台灣學生社團活動，被國民黨政府列為黑名單人物，同一時期的黑名單人物還有李應元與郭倍宏等人。阿北拿到博士學位後，職場的發展待過杜邦公司及美國西岸的一家以小型注射劑為主的製藥公司，一九九〇年底，這家公司被另一國際性大藥廠購併。應該也是這個時段前後，台灣民主改革進入解除戒嚴的階段，阿北向政府駐美國洛杉磯辦事處申請回台省親，洛杉磯辦事處以他在北卡期間曾從事反政府活動（其實只是台灣同鄉會、台灣學生社之類的聯誼活動），要他寫切結書回台不從事政治活動。阿北拒絕這樣的要求，他對我轉述他對洛杉磯辦事處承辦人員的說詞：「我念研究所時，參加台灣同鄉會與台灣同學會，跟著別人參加一些活動。獲得博士學位就業後，就沒再參加任何反政府的政治活動。你們的情治資訊有紀錄可查，我回到自己的家鄉，哪來還要簽具切結書！」

阿北的「少年聽雨歌樓上」，是經過師大附中、台大、預官與美國北卡州立大學的歷程。「紅燭昏羅帳」是他與大學認識的女友結褵，進入美國職場期間，三年內先後得一雙子女，是那年代去美國的台灣留學生標準的型態；差別在於他參與留學生社團活動歷程，台灣當局的個人資料紀錄上多了一個烙印。

## 三、壯年聽雨客舟中

一九七八年底，美國與中華人民共和國建交。考慮再三後，我還是於一九八〇年取得博士學位後就回到台灣的國立大學專任教職，和阿北偶而聯繫，談的是醫藥生技領域與產業的事情居多，沒有太多的政治語言。

一九九〇年解嚴前後，我在台北見到離台十五年有家歸不得的阿北時，阿北告訴我，那趟回來只拿到單次一個星期的回台簽證，且規定不得從事政治性的活動。

隔年不久，阿北就決定回台灣發展，回台灣以後的第一個工作是南部一家上市的藥廠，擔任副總經理級的職務。他在美國藥廠的年薪是美金八萬元左右，折合新台幣每月約二十萬元左右，他回台任職的百萬年薪約僅是美國的百分之四十，但以當時台灣藥廠的待遇水平，南部這家藥廠對阿北已是盡可能的禮遇。短短兩年間，他全力以赴，企圖為台灣藥業建立他個人在製藥、品管管理上的里程碑。他仍維持著行事開闊、充滿衝勁的橄欖球隊作風，在台灣保守的藥界掀起好幾波漣漪。有一次，我們湊巧應衛生主管當局之邀實地查核藥廠製造品管作業時，他看到實驗儀器作業的缺點，當場捲起衣袖，示範一番。

我所知道與阿北交往的人士，無論是初識或交情匪淺的人，莫不為他待人豪邁坦誠的風格印象深刻。他不拘泥於既有的行事模式，始終以直爽信任的方式待人，也因為不習慣公司、企業的規章、繁瑣程序的羈絆，他的行事風格比較接近獨行俠，除身邊一、二位秘書或助理外，並無一群可以分工的團隊成員。這種模式倒也符合阿北二十多年闖蕩中國變化快速的商場環境。

阿北交遊廣泛，他最後二十餘年都在中國發展，早年在美國北卡時和李應元、郭倍宏被國民黨政府列為黑名單。大家或許不清楚他忙的是那些事情，只是感覺上阿北手中有連續不斷的計畫與構想，但朋友群對他共同的印象是：很草莽、很豪爽；問起他具體的投資計畫內容時，他往往認為那只是形式，「信任」才是事業最重要的基礎。

二〇〇四年，北京奧運前四年，我去北京進行一項國際性藥廠委託的小型研究計畫。阿北帶我到北京近郊懷柔縣的農村裡，參訪他座落於農村四合院的個體戶原料藥工廠。那個年代，中國藥品監管的制度較鬆散，遠不如近期的嚴格，他的個體戶工廠主要生產減肥藥成分諾美婷（Sibutramine）原料藥，通路涵蓋中國大陸的藥廠與健康食品廠商。阿北自詡每年產能百噸以上，是當時中國市場的主要供應商，當然客戶群包括國資藥廠、保健食品公司以及來路不明、現金交易的單幫客。這個個體戶工廠，不久在北京籌辦二〇〇八年奧運、改善北京鄰近地區的環境汙染政策下，就不再營運了。

阿北在中國職場的開拓，始終沒忘記替台灣製藥產業開展空間。在中國經濟尚未快速起飛時，他曾替台灣的一家中型藥廠申請藥品輸入中國的審批，每年咳嗽糖漿的銷量高達四百萬瓶以上，這家藥廠之後於二〇〇一年因經營不善結束營業，財務上也受到一些拖累，被倒帳好幾百萬人民幣，但是他不以為意，稱該廠總經理是有心人，只是運氣較差。

在中國市場叢林、高度競爭且充滿狼性的處境，他曾自我期許：「在中國的場域，就是要強者更強，對方強勢你就要比他更強勢。」他舉拚酒為例：「對方強勢敬酒，你就要更強勢回他，把他灌倒。」這就是阿北！

中國大陸經濟快速發展的二十年間，阿北算是有跟上這個潮流。他在北京二環的辦公室，就掛著三個招牌，一是德國某家中型藥廠的代表，一是靈長類動物試驗公司，另一個是他自己跑單幫替兩岸藥廠穿插媒合商機的顧問公司。在他的眼中，藥品專利是資本主義國家壟斷市場的工具，對於像中國這種人口眾多、經濟後進的國家，無需承擔這類的成本，藥品供應以滿足有能力負擔藥品價格的市場基本需求為主。他在北京邊緣懷柔縣的原料藥工廠就是以提供仿製藥品原料為主，他曾經是減肥藥成分諾美婷原料藥的最大生產廠商與供應商，很難想像，這樣的量產競爭能力，是建立在一個農村四合院的工廠。

二〇〇七年前後，阿北結束他在北京近郊懷柔縣的原料藥廠，繼續擔任德國那家中型藥廠的駐中國代表。不久，就聽到他轉換跑道到歐洲一家國際性藥廠擔任高階主管。

## 四、晚年聽雨僧廬下

二〇一二年前後，阿北突然打電話約我，原來他不習慣層層規章，離開任職五年的國際性大藥廠中國分公司總裁的職缺，恢復阿北大開大放、交遊廣闊、單槍匹馬闖天下的經營模式。每一位跟他來往的人，都瞭解他豪邁的舉止，無疑慮很放心地跟他相處。每次阿北回台北時，他一定約我暢談他闖中國的體驗，以下是幾則他對中國市場經驗的分享：

「我是早期就領有中國大陸身分證的台灣居民，我當然還有美國與台灣國籍及護照。反正在中國，經濟掛帥的年代，沒人在意你是那一國的，鄧小平不是說：『管他白貓或黑貓，能抓老鼠的就是好貓。』」

聽他講這段話，任何人都很難想像他曾被國民黨政府列為拒絕返台的黑名單台獨分子；當年國民黨政府形塑的「台獨分子」，就是共產黨的同路人。政治上的荒謬莫過於此，但用在阿北身上，倒是相當傳神。阿北還說：「中國政治鬥爭這麼多年，共產黨終於理解，只要肚子吃飽、口袋滿滿，人民就難有革命的打算；我們幫中國民眾發財賺錢，他們就不在意急著統一台灣。」

就是這樣的邏輯，阿北始終自認他在中國大陸所做所為，與他維護台灣獨立自主性的初衷，並不相違背，反而認為天天喊著政治口號的人，才是不務實、不願面對現實的頑固分子。

＊＊＊＊

二〇〇四年四月初，我去北京進行的一個國際藥廠委託計畫的參訪，阿北在北京接待我，那時的台北還陷在阿扁連任的混擾中。兩人搭上北京計程車時，開車的師傅聽出我倆的台灣口音，開口問：「你們是台灣來的？阿扁真想台獨嗎？」

「師傅，您對阿扁與台灣的政治有多少瞭解？」

一路上都是阿北與計程車師傅的問答。

「常常注意，國民黨的連戰與宋楚瑜、民進黨與阿扁，都有一定的瞭解。阿扁嘛，三窮一白出身，很會念書也很會考試，當上律師以後替美麗島叛亂案辯護，口才很好，從此走上政治路途。」

「兩邊的制度與情況不一樣，內地嘛人口眾多，十多億人光填飽肚子就是一件很了不起的成就。政治制度嘛，台灣很小，二千萬人搞搞選舉還算簡單；大陸這麼多人，台灣也沒有要大陸學習台灣的選舉制度，只期望人民意見有適當表達的管道……」

「利用選舉搞台獨是天理不容的事情……」

「師傅，您想一想，如果有一天，國家的領導也是經由人民一票一票選出來，您的左鄰右舍或是三級貧戶的子女有機會出頭天當國家領導，未必要出身黨國高幹家庭，這不是一件很好的事嗎？」

「台灣的制度就是這樣，誰符合資格參加選舉，就讓人民決定，做得好就再給四年，繼續為人民做事，做不好就用選票趕他下台，也沒有世襲的問題，這是簡單的民主政治道理。」

「反正，打著選舉的口號搞台獨，是我們無法接受的事，至於選誰當領導，我們根本不在意……」

師傅的話語還未結束，前頭的交通嚴重打結，我們的車子待在原地將近半小時，喇叭聲四處鳴放，交警忙著疏導交通，改善有限。

「我們北京這些當官的，大都是上海上來的，搞不清路況，還能處理甚麼國家大事……」

「師傅，您想想，以前您能對著我們台灣來的人抱怨這些等事情嗎？這幾年，我看，很多事情還是朝著正面的方向在改進……」

「說的也是，經濟改革開放以來，很多事情是跟著改變，講話的自由空間和以前是大不同……」

「那就好，只要和平演進，總有一天大陸會找到適合國情的最佳模式，經濟上這樣，政治上也會有機會的。」

這段與北京計程車師傅的對話，阿北自認是兩岸民眾對話的最適模式：「我沒想過用統戰洗腦的方式對談，總是彼此尊重，不要讓對方為難，也趁機瞭解庶民的想法，這是很重要的。」

阿北與中國藥品監督管理局的關係也還算契合，不過，二〇〇七年底他在懷柔縣的原料藥廠匆促停業，也是一個徵兆。或許，也可歸因於中國藥品監督管理局前局長鄭筱萸，他因「犯玩忽職守罪」而獲死刑，是中共建國以來部級高官第一人，二〇〇七年七月十日上午，鄭筱萸被執行注射死刑。我沒聽他分析過這個因素，但是聽阿北提起過他與鄭筱萸的交情，也沒聽他提起過懷柔縣的原料藥審批過程的故事。

但逢上二〇〇八年馬英九總統上任後，兩岸急速黏合的那幾年，他倒也扮演磨合功能。我好幾度接到他臨時的電話，請求協助安排大陸中央與地方官員如雨後春筍來台考察拜會的行程。那時期的基本模式是只要能走進台灣政府機關大門，兩邊陣勢一開，交換名片，客套幾句，相互恭維一番。當時中國經濟聲勢還沒像近幾年這麼壯大，來者都還算客氣。拍個團體合照留念，回去交得了差，正經事到沒那麼重要，寶島觀光旅遊才是重點。

後來，大陸團體要拜會政府官署開始有一定的規範，未經公文程序，正式拜會不是電話三言兩語就安排得出來。有一次阿北就拜託我，邀請當時衛生署藥物食品檢驗局的一級主管，到捷運昆陽站旁的台灣研究藥品製造協會裡的簡餐咖啡廳，與來訪的天津市衛生局高幹巧遇，寒暄交換一些經驗。

無可否認，二〇〇〇年之後在中國遊走四方的阿北，如魚得水，充分發揮他的美、台專業背景與人脈，打出他自己的一片天地。他還至少兩度探詢我有無可能擔任中國在台投資藥廠的董事長級職務，他特別強調對方是中國國家科學院院士級人士，聲望極高，他的治療肝癌新藥已在美國及中國分別進展至第一期與第三期臨床試驗階段，希望能在台灣籌資掛牌上市。我相信，阿北是基於善意，認為協助此等人物的科研成果來台籌資上市，有助於兩岸良性互動。

基於我的科學專業知識，我瞭解他這項倡議標的之科技知識基礎，發現這個新藥是對於無法治療肝癌末期的治標療法，也就是直接注射新藥於腫瘤部位，縮小腫瘤病兆為目標，紓解病患受器官阻塞的痛楚。對於已發展至無法手術階段的肝癌，可能已擴散至其他器官的處置，則缺乏相關的論述。這種療法在重視實證臨床數據的台灣，是否可行，我建議他應接觸台灣肝癌研究的臨床意見領袖。

事實上，這項新藥從二〇〇〇年初期在美國完成第一期臨床試驗之後，並無顯著進展，憑那位中國國家院士的學術地位，雖在中國也陸續進行一些新藥臨床試驗，但始終還沒進入新藥上市審批的階段。這家新藥公司後來還是在台灣興櫃掛牌，股價也持續維持在高檔，陸續也獲得食藥署同意在台灣中大型醫院進行恩慈療法。*

這就是阿北，反正病兆至深已無其他治療可供選擇時，他認為「死馬當活馬醫」也是一種救人的方式。至於臨床專家學者的主流意見，只是供他參考而已。

＊ ＊ ＊ ＊

也是在二〇一〇年前後，他幾年前與大學同班的事業夥伴結束營業時，阿北將較有利的一家藥廠投資，先賣出結清給予他的投資夥伴，自己留下較小增值有限的另外一家藥廠股票。他自己留下的股票是在那家公司每股新台幣十三元增資時，在各方不看好的情況下，他義氣相挺，認購一千張，總值一千多萬。沒料到他往生後這兩年，股價飆升到新台幣五百元以上，這是後事。

＊ ＊ ＊ ＊

「糟糠妻不可棄！」是阿北從結縭以來一直到赴中國闖天下時的自詡。他對結縭糟糠與子女每年八位數字經濟數字的承諾，二十多年來始終兌現無虞，這還是我幾年前聽他當面肯定說的。除了經濟支持外，我就很少聽他提起家庭以及在美國的一對子女。以他打橄欖球的豪放個性，在中國市場的多方應酬，是否有逢場作戲或紅粉知己的界外球，不得而知，阿北也不會在我面前承認。「糟糠妻不可棄」是他始終不渝的準則，但如同球場上犯規舉止，蓄意或偶然，當事人未曾自白，他人自無從知悉。

我因曾任任職國立大學教職，個性與行事風格較自我約束，遵循職場規矩，所以阿北有些事情不一定會跟我分享。我們另一位藥業行銷出身的台大校友，與阿北話語的領域，天南地北，酒肉鹹濕都有；阿北知道我可能有異見，有些顧忌，不會跟我直言分享。但是數十年來當年大學狐群狗黨之間那種親而不近的情誼，卻是始終不渝。阿北的太太香純，聰穎果決，對數字的敏感性與管理能力極高。她和阿北結縭近四十年，直到十年前因罹患胰臟癌過世，兩人育有一子一女。這些年來幾度和阿北談到家人時，我深切體會瞭解阿北對香純的摯情及對子女的親情。

---

* 註釋：恩慈療法（compassionate treatment）係指，當病情危急或重大之病人於國內無任何可替代藥品供治療，或經所有可使用的治療仍沒有效果時，可申請使用已經科學性研究，但全球尚未核准上市之試驗用藥。

## 五、結語

阿北走後這些日子，我常想，如果說他有什麼遺憾，或許在轉戰中國叢林市場、闖蕩江湖的這些年，聚少離多，雖然對家人的經濟照顧不遺餘力，也充分給予家人的經濟安全，但是兒女在美，家人美、中、台三地分離，親情的連結難免仍然有些缺憾。二〇〇八年阿北原配過世後，他更是中國境內四處奔波，以他似乎用不完的精力衝刺他的版圖。

民國詩人王國維的人間詞話提到：古今之成大事業、大學問者，必經過三種之人生境界：昨夜西風凋碧樹，獨上高樓，望盡天涯路；衣帶漸寬終不悔，為伊消得人憔悴；眾裡尋他千百度，驀然回首，那人卻在，燈火闌珊處。

對應阿北少年、中年與晚年的聽雨心境，我用王國維的人生三境界形容我所知道的阿北一生，雖不足以替他完整立傳，至少讓不一定知道阿北這個人的晚生後輩，認識阿北這個也算傳奇的人物。

# 傷逝

二〇二〇年七月二十七日初稿、二〇二三年四月二十四日修正定稿，本文發表於《文學台灣》二〇二三年夏季號第一二六期。

傍晚，陳禹錫收拾桌面準備離開位於南港軟體園區高樓的辦公室時，董事長秘書輕輕敲門：「陳教授，學校助理轉來一通美國朋友的電話。」

「嗨！是我啦，如鳳。後天要回費城，跟你打聲招呼。」上次聽到這聲音，一晃又是五年。

「喔，還是最後一刻想起我。」

「怎麼搞的，老還是這句話，這次回來，誰都沒找，你是第一個，也是最後一個。」

王如鳳曾經是陳禹錫交往將近十年的女友，從大學美術社開始到美國東西兩岸留學，像風箏一樣越飛越遠。王如鳳回來辦母親的喪事，約他有空喝杯咖啡敘舊。

「後天回美國，再相見不知是何夕。」

兩人約在永康街巷子一家法式餐廳。

眼前的王如鳳剪了短髮，不見當年的飄逸長髮，淡妝的臉頰仍然白皙細緻，但也有歲月不饒人的眼臉皺紋，內斂的神采少了兩人年少相處時的柔情，身材維持著一般婦人少見的結實與纖細。

「這一家主廚是法國女婿，娶台灣女孩，為愛走天涯。有一回和法籍主廚聊天，有子萬事足，以為他就此安居台灣。那知，他卻還想四處闖天下，像上海或回北非摩洛哥老家。」

「我接媽媽到美國十年，她就是忘不了台北的左鄰右舍。」

「其實，她在台北，也沒到處串門子，每天就是午後帶著菲傭，到附近的怡客咖啡待個二、三小時。」

「總是，在她熟悉的環境較安心。」

「我回來是因為媽媽的關係，在醫院整天陪著她，那裡也去不了。」

王如鳳將眼神移轉至一邊：「喔，我們那位老朋友呢？蕭青崧，上次聽你說，他一直在台灣，事業好像做得不錯，常見到他嗎？」

蕭青崧是陳禹錫自國小以來的摯友，創業有成。

「唉！我與妳、青崧都算是親，一個在美國，一個在台灣，但算不上近。這年頭，大概只有家人間勉強算得上親近。同事、朋友間算是近，但談不上親。」

「說我與你也算是親，要不要詮釋一下？」

「我用親與近形容人與人間的關係，就好像『緣分』兩個字，有緣無緣與有分無分的四個矩陣，有緣無分是愛得死去活來，到頭來還是勞燕分飛；有分無緣像是露水鴛鴦，小三結局；無緣無分則始終是陌路一場；有緣有分才能結連理，成為夫妻。」

「胡扯！那麼親近也是又親又近、親而不近、近而不親與不親不近囉。我被你歸類為『親而不近』，給個說明罷！」

王如鳳瞪得陳禹錫不得不移開視線，望著走在巷道上一對擁貼的情侶。當年兩個人就像這對男女的親密態樣，他總是緊緊扣著如鳳的手，好似怕她消逝。

「如鳳，可以不要再逼問了罷！我一直存著對妳很親的感覺，近嘛，怎麼說也談不上，美國那麼遠！這麼多年都過去了……」

「也是，這麼多年了。你知道嗎？我母親最後那幾個禮拜，有幾次清醒時，突然又問起你。」

「喔，難得她老人家還記得有我這個人。」

陳禹錫見如鳳臉色微慍，隨即轉口：「這些年還畫畫嗎？記不記得這一張圖？」隨即從背包裡拿出一張費城三一教堂的素描，右下角簽著 **JF Wang 1984**。

「還有一張，是紐約中央公園旁經典螺旋式的古根漢美術館，妳應該記得罷！」

王如鳳一眼認出是她剛到美國念研究所時的素描作品，轉眼將近四十年，古根漢美術館則是和陳禹錫紐約會面時的定番行程。

＊＊＊＊

陳禹錫從王如鳳進大學加入美術社時就相識，王如鳳畫水墨與水彩，陳禹錫以油畫為主，出外寫生時隨身家當較多。兩人不同系，還差兩個年級，因美術社的關係，相聚時間多。

「這孩子很善良，是個可靠的人，但不適合我們家的女孩。」

王如鳳母親當年第一次見到陳禹錫之後，就下了結論。王如鳳母親肺氣腫又嚴重失智那兩年，反覆講的也是這幾句話。

「老人家失智之後，腦筋不是很清楚，倒是越久以前的事情，記得很清晰。」

陳禹錫出身嘉義鄉下小學老師家庭，和王如鳳在一起時，善體人意，但拘謹有禮。陳禹錫留美學成回台前夕，遠從西岸特別飛到費城見她告別，兩人在外遊蕩到半夜，過了學校宿舍門禁。附近的汽車旅館僅剩一個房間，陳禹錫把他的睡衣塞給如鳳，說了聲晚安就躺在沙發上裝著入睡，滿腦子卻都是如鳳的身影，連最後一夜的溫存都不敢想。

王如鳳母親生前最後五年，挨不住女兒的堅持，搬離青年公園社區巷底的老家：「趁她還能知覺環境時，給她安排個decent的住宅，一輩子從大戶人家千金，逃難到台，窩居在巷底群居宿舍中幾十年。」

王如鳳沒向陳禹錫提過，母親始終不願意搬去父親後來遷居的大廈，不完全是名分的問題，因為父親最後一次搬家時，大姨已經往生。只是，母親習慣獨自生活。她曾問過母親，為何堂堂大戶人家千金，竟淪為中階公務人員的眷屬，還不是明媒正娶。

「那個逃難的歲月，假如不是妳父親，我可能已流落在黃浦灘頭，要回家嘛，離山東好幾千里。大姨那時已先到台灣，我冒名頂替，到了台灣，人生地不熟，部分是感恩，妳父親和大姨沒有小孩，兩邊在大陸的親戚也沒連繫，我們以為就是在台灣落地生根了。沒料到妳當了美國人，還嫁的是洋女婿……」

王如鳳每想到母親這些話，心頭就打了好幾個結。因為名分的緣故，母親一直希望她遠離台北的生活圈。等她學成就業安定後，結婚生子，將母親接過去美國，不到五年，祖孫間語言的隔膜使母親更堅定回台獨居的心意。直到五年前，如鳳替她租下一個二十四小時保全與管理的四十坪空間。

母親去世前一年嚴重失智，對於週遭環境已幾乎無感，但至少在她尚有識覺的那幾年，加上菲傭伺候，如鳳回台陪她的時候，她說了多少次，是這輩子最享受的時刻。

母親過世後，王如鳳將遺體火化，把骨灰罈與父親、大姨一起安置於和平東路底的慈恩園靈骨塔，這是母親心智還健全時的決定。王如鳳母親沒說過這樣做的原委，只有一次談到和這塊土地留一分緣線。

* * * *

陳禹錫學成離開美國回到台灣後，唯一見過王如鳳母親的一次，是在信義路永康街對面的中心餐廳會面，將王如鳳託付的三千美金交給她。當時台美斷交已有一陣子，她很客氣的問：「為什麼選在這個時間回來？沒考慮留在美國嗎？」

轉眼快四十年，也今天才知道她母親已辭世。

陳禹錫的妻子李雅茵四年前罹患胰臟癌後，不到三個月就走了，還好是李雅茵媽媽走後一年才發現的。李雅茵走後一年，陳禹錫母親也離世，他自己陪伴照顧母親這一年，才深切體會雅茵蠟燭兩頭燒的勞心與勞力。

陳禹錫與李雅茵結緣始於一九八〇年代後期一次大學同學的婚宴上，兩人相鄰而坐。交談間，發現彼此除科學領域外，還有相同的文青興趣。婚宴結束，陳禹錫陪她步行一段路，臨別時，邀請她周末一起觀賞李孟秋的水墨個展，開啟兩人之間的姻緣。

李雅茵家庭是隨著政府遷台的財政公務菁英，兩個哥哥大學畢業後循著逃離國共內戰的家庭模式赴美。雅茵讀大學時父親因肝癌病逝，母親無意赴美，所以她留在台灣唸研究所，與母親為伴。

李雅茵母親對陳禹錫的鄉下家世不以為意，李雅茵第一次帶著陳禹錫見她母親時，李伯母瞭解他留美學成返台的決定，幾句帶著外省腔的台灣話，拉近彼此的距離。陳禹錫與李雅茵間持續走了約一年之後，兩人約定結縭。李伯母很寬心建議兩人新居，就近即可，不須特別考慮與她同住，李雅茵就選擇在台大她老家附近比鄰而居。

李雅茵婚後認真學習台語，試著以台語與公婆溝通，陳禹錫勸她不用勉強，國台語交雜，兩老也心領。只是，兩老身體還算硬朗，習慣鄉居生活。李伯母中風病倒那幾年，她撐著身子，工作與照護兩頭燒，聘一位外傭幫忙，還是耗盡許多心力。五年前陳禹錫父親過世，他才將母親接到台北一起生活。

兩人結婚後多年，沒有小孩。陳禹錫剛回國時是在公家機關服務，但主管不知如何善用他這種留美高學歷人材，其他同事言談中，不經意就流露出他終非池中物的態度。五年之後，陳禹錫轉換跑道到郊區的國立大學，服務年資符合領月退規定後，轉換跑道擔任一家本土藥廠高階研發主管，收入相當豐厚。只是李雅茵走後自己孑然一身，再多的收入也改變不了這個事實。

「我以為你習慣象牙塔生活，不食人間煙火，怎會想要走入江湖？」

「談不上走入江湖，我只負責科技研發，不管業務。」

王如鳳揚起眉角，沒再接腔。兩人冷冷彼此僵了一會兒，陳禹錫也不知如何接下去。李雅茵走後，他已經習慣於孤家寡人。面對王如鳳時，訝異自己竟然能夠心平如水。

面對陳禹錫，王如鳳很難說得上自己的心情，相隔三十餘年，陳禹錫與她還有連結，當然是因為母親在台灣的緣故。她的成長過程生活圈侷限於台北，頂多是陽明山、野柳或金山。大學畢業時，好說歹說讓母親同意參加班上的環島行，但是每走一段行程，就得向母親報平安，對台北以外的台灣沒留下什麼深刻的記憶。

母親的教誨與挑女婿的條件：赴美國留學定居，不是醫師也要是博士。陳禹錫就是沒承諾留在美國，加上台灣腔的國語，怎麼也搭不上王如鳳母親的條件。

「時間還早，我帶妳去東區看一個近年往生的藝術家畫展，我認識這位畫家李孟秋二十多年，也算親，但不近。」

王如鳳瞪他一眼：「那這個親而不近，與我的親而不近，有何差別？」

「當然有差別，欣賞李孟秋的藝術才華，是一種生活情趣，怎麼也比不上我們間幾十年的交情。」

王如鳳也認知到自己何苦計較這種親近矩陣的定位，起身道：「好啊，反正我明天夜半上飛機前，在台北沒有其他行程。」

＊ ＊ ＊ ＊

「家徒四壁」是李孟秋對老家的形容，他家耕種的一分田地是父親幼年幫傭的主人切一塊讓他負責，沒有契作合約，也沒有租金，母親還得步行到鄰近朴子鎮上幫忙洗衣服，賺取些微津貼。

所以，李孟秋父親鼓勵兩兄弟要努力讀書才能出人頭地。哥哥李孟春國小畢業後，考取嘉義師範學校，有宿舍與生活津貼，一路畢業到實習、分配工作當小學老師都毋須父母操心。

李孟秋小他大哥十歲，小學以前，就在孟春國小旁的住家兼畫室跟著哥哥學畫。李孟秋個子小，學業成績普通，只有美術課時才專心學習。同學見他個子小，偶而肢體上逗逗他，也不礙事。

國中時有一天，班上兩位同學因細故爭執，兩人在走廊上扭打起來，李孟秋知道個子較大的同學理屈，個子小的同學被壓著挨打，他上前勸架，拉扯間胳膊撞上個子高那位同學臉頰，嘴邊流血。

「老師就是虛偽，她乾脆就直接告訴學生，成績優良的同學是我的最愛，做什麼都對，成績普通或低劣的學生，不是我喜歡的。這樣表白，我也甘心，不要一副道德高尚、公平合理的樣子。」

李孟春後來轉職到基隆武崙國中，李孟秋也考入北投的復興商工。但大部分時間窩在哥哥家中，只有靈感發作時，潑灑筆墨揮汗之際，才找到他的天地。

陳禹錫初識李孟秋，就是在李孟春的畫室。那一次，一群朋友去李孟春住家兼畫室拜訪，大家挑選三張作品，其中兩件是陳禹錫挑選的李孟秋黑白水墨，都是風吹竹林的意境，其中一張原為李孟秋打算自留的作品，也因此開啟兩人間二十多年的藝術交誼。

李孟秋酒後心情鬱悶時，常去爬北投軍艦岩解悶，因離陳禹錫研究室不遠，也就順道登門敘舊。陳禹錫的研究室牆上一直就懸掛著李孟秋那張《風吹竹林》的水墨。

李孟秋最後一次來訪時，健康狀況不是很好，臉頰略顯蒼白，瘦小的骨架撐不住他的身軀，只有談到他的創作時，炯炯的眼神掩不住他對水墨的熱愛。離去時，陳禹錫陪他走到石牌捷運站，消瘦微駝的身影消逝於上升的電扶梯末端。他背著陽光的身影，是陳禹錫對李孟秋最後的記憶。

＊　＊　＊　＊

二〇一五年六月十九日，《中國時報》記者陳秀嬋嘉義報導：

嘉義縣中埔鄉四十五歲男子劉〇〇向趙姓畫商買畫投資，自認賠錢，手頭緊向趙借錢又被拒，憤而涉嫌於一個多月前竊走趙翁收藏的陳澄波畫作《鼓浪嶼之春》……趙姓畫商赴警局領畫時說，六年前花一千五百多萬元在香港買這幅畫，確是真畫也有拍賣紀錄……劉跟他買的畫，現今已漲價，是劉太早賣出才賠錢，全案訊後依竊盜罪送辦。

警方另在現場起獲多幅畫作，包括嘉義曹根水墨與風景靜物油畫五張，由於劉宣稱與曹根為同鄉舊識，但對這些畫作來源交代不清，警方懷疑劉可能另涉及他案。另有一批三十多幅畫作，警方呼籲被害人出面指認；據了解，該等陳澄波遺作，坊間仿冒品居多，這些畫作真偽待鑑定。

陳禹錫母親一九七〇年代中期年過半百，跟隨師承林玉山的曹根老師習繪。她初習水墨模擬花鳥，進階到水彩與油畫，作品經曹老師指點筆觸畫法，偶而執筆改稿，或是最後的潤筆。

當警員陪著陳禹錫與母親到達中埔鄉劉〇〇的車庫時，十年前她遭竊的畫作堆在角落，積滿灰塵。陳禹錫母親檢視這些失作，尚稱完整，倒是模仿陳澄波嘉義公園一景的畫作，已不在其中，好幾年始終念念不忘。

＊＊＊＊

往信義誠品畫廊途中，走過小巷一家畫廊，王如鳳提議進去瀏覽一番。沒料到，母親的仿陳澄波畫作竟然出現在這家小巷的畫廊裡。

畫廊老闆說，這批作品來自一位低調的收藏家，近期辭世，子女從小留學生開始到成年後的事業都在美國，對台灣畫作沒有特殊感覺。因緣之際，這批畫作就轉到他手中。陳禹錫母親模擬陳澄波的作品，原無落款，這件作品左下角卻已有陳澄波的簽名。

「因整批取得成本較市價為低，可以有較大的議價空間。」

畫廊老闆滔滔不絕，拿著一張照片：

「陳澄波這件嘉義蘭潭作品，嘉義蘭潭三信亭旁，有此畫作複製立牌與說明，供遊客比對此畫當初的畫畫角度。註明原作年代不詳，畫布四十六乘三十八公分。」

「這些作品有原作證明嗎？」

「我這邊這張是年代相近的作品，大小三十一．八乘四十．八公分，六號。我可以出具畫廊證明，如假包退。」

「你可以給的最大折扣是多少？或許我們可以先請陳澄波文教基金會鑑定一下真偽。」

「這一件陳澄波作品，因係早年陳澄波家屬贈與藏家的，當事人不願讓陳澄波家屬知道，所以由本畫廊出具保證書。」

一路上，陳禹錫提起這件母親失竊的畫作時，王如鳳覺得很有趣，要陳禹錫將手機中仿陳澄波嘉義蘭潭公園的作品轉寄給她參考。

王如鳳連續兩個多月，天天在病房陪母親，吃的是醫院裡的伙食，母親情況佳時，會坐著輪椅，讓菲傭推著她到附近的公園走走。胃口好時，就近吃點清粥小菜。母親的失智狀態不穩定，又有嚴重肺氣腫，就算有時清醒，卻連她鍾愛的女兒都認不出來。每一天就是那麼短暫的時刻，母親記得女兒從美國回來照顧她。倒是母親第一次再提到陳禹錫時，王如鳳何只訝異。每次夜半夢醒時，浮上腦際的往往是改變她一生的那句話：「這孩子很善良，是個可靠的人，但不適合我們家的女孩。」

兩人從信義誠品出來已是傍晚時分。

「好啦，這趟台北的藝術之旅暫時告一段落，妳還要整理行李……」

「還好，我習慣輕便旅行，沒什麼大件行李；如果你有空，陪我走一段路。」

王如鳳的手輕輕擱在陳禹錫手臂上：「你還認識其他藝術家嗎？我覺得李孟秋作品裡的曠野山林，雖然構圖寬闊澎湃，卻掩不住他內心的孤寂……」

＊＊＊＊

陳禹錫是在台北第二殯儀館的堂弟告別式時，巧遇朱以德。陳禹錫堂弟以開計程車為生，來向他堂弟最後致意的十多位賓客群，從衣著判斷，應是堂弟開計程車的同儕，平均年紀五、六十歲，都是一般庶民的裝扮。

陳禹錫至少也十年沒遇見朱以德了，只知道他還是以開計程車為生，陳禹錫欣賞朱以德作品的庶民風格，收藏有他的版畫、油畫幾件作品。

「我認識俊仁兄，是因為有一次我在建國南路橋下休息站小歇，以碳筆素描時，他過來與我聊天，說起家中有一幅陳澄波的畫。」

「你還繼續創作嗎？」

「素描寫生與創作是我生活的一部分，反正我也不靠此為生。有機會就參加朋友邀請的聯展，現在台灣畫市低迷，機會不多。」

「倒是，最近兩年在萬華社區大學的美術班教素描與繪畫，覺得蠻有意義的。」

「社區大學美術班的很多學生比我年紀大，但是他們非常專注投入。有許多人是在我們社會追求經濟成長過程時藝術天分被壓抑的世代，經歷職場歲月一段後，回頭點燃年少被壓抑的火種。」

聽陳禹錫提到這段朱以德的故事後，王如鳳問：

「禹錫，趁我明天回美國前，可否請你聯絡朱先生，載我們走一趟九份，還有，請他幫我做個九份的素描作品。」

事出突然，陳禹錫只好硬著頭皮，跟朱以德通話，轉達王如鳳的請求。

朱以德當天正好有空，家中妻小也正巧無事情需要他協助，知道王如鳳與陳禹錫的交情，又是旅美台僑，遂答應這一趟差事。

＊　＊　＊　＊

約好朱以德的九份行，陳禹錫問王如鳳晚餐如何解決。

「你說咧，你選餐廳，我來做東吧。不過，吃飯前有時間繞道，我想再看一下你母親那件仿陳澄波的作品。」

兩人搭了計程車去敦化北路巷子裡的畫廊，那張陳澄波仿作還在，王如鳳問畫廊老闆幾句話，短暫逗留就離開。

陳禹錫帶王如鳳到復興南路微風廣場對面巷子裡一家日本料理店，離她住的旅館不遠，飯後還可以散步回去。

陳禹錫向店長小傑介紹過王如鳳後，交代今晚要喝寄放在店裡的十四代密藏酒。

「十四代是清酒的品牌，這幾年被台港人士炒熱，是日本清酒的極品，在日本與台灣都是一瓶難求。」

雖然王如鳳並無品嘗清酒的經驗，但也被十四代清酒微甜、豐蘊的吟釀風味所陶醉。醇酒美食，又是昔日情人，彷彿回到多年前的歲月。

兩人從大正浪漫出來，已是十點半，車流速度也快。併肩穿越市民大道時，陳禹錫抓著王如鳳的手過街，等他注意到她的反應時，如鳳的手緊緊抓著他的手臂。

「妳還好吧？」陳禹錫側臉看一眼王如鳳紅潤的雙頰。

「嗯……」王如鳳沒說什麼，側著頭靠在陳禹錫肩上，左手還是緊緊扣著他的右手臂。

陳禹錫感覺到她有點不勝酒力，走到旅館，陪著她搭電梯上樓，王如鳳也沒拒絕。

旅館房間布置單純，井然有序。王如鳳的行李箱整齊的放在架子上，床頭放著一本勒卡雷（John Le Carré）的 *The Pigeon Tunnel*。陳禹錫道：「你知道嗎?這本書已有中譯本，書名《此生如鴿》。」

勒卡雷作品是兩人早年交往時的共同喜好。

王如鳳頭靠在沙發上假寐，陳禹錫倒杯水給她，她也僅喝上兩口，繼續閉著眼睛，兩頰酒紅熱度依然。

王如鳳抓著陳禹錫的手，身子靠向他，陳禹錫感受到王如鳳的呼氣熱度擴散，右手順勢擁著她。王如鳳右手撫上他胸前，彷彿歲月回到兩人密切交往的時光隧道。

經過好一陣子，王如鳳雙頰緋紅，翻身吻上陳禹錫的雙唇，陳禹錫扶著她的頭，輕揉著她已經熱紅的雙耳，如鳳短促的呼吸與輕輕的嘆息。

「這樣好嗎?……」陳禹錫還沒說完，王如鳳就輕輕打著他的肩膀，上半身更貼緊他。

懷中的如鳳，是他年輕時夢寐以求的情侶。李雅茵走後這四年，陳禹錫心境如水，男女情事很少會引起他的遐想或慾動。

王如鳳閉著眼睛趴在陳禹錫身上，他揉著她的耳朵，身體的熱潮陣陣擴散。雖然如鳳年輕不再，肌膚也跟著年紀失去彈性，但當她吻著陳禹錫時，嘴裡熱液跟著舌尖擴散，喘息呼吸聲音逐漸緊促。

陳禹錫輕輕撫著如鳳的腰，解開如鳳窄裙的扣子，她無絲毫抗拒，陳禹錫的手沿著腰繫往下移動。

沒多久，如鳳的衣衫就脫落到地毯上。

陳禹錫輕撫著如鳳的頭髮，將她拉上來，坐在他身上，深吻著她，陳禹錫空出一手，繼續輕撫著如鳳已紅透的耳輪。

如鳳很快就知覺到身體的自然反應：「嗯……」

當陳禹錫進入如鳳體內時，如鳳不禁然的深嘆一聲，緊緊的抱住他。兩人靜止片刻後，陳禹錫開始較劇烈的移動，如鳳也像迎戰一樣，奮力起伏韻動，兩人緊緊的相擁許久，期望此刻永遠不要消逝。

兩人昨晚一番廝纏，已過半夜。如鳳要陳禹錫就住下來，明早跟她帶著行李一起上九份，再直奔桃園機場回美國。

陳禹錫盥洗後上床不久就呼呼大睡，依稀有個印象，兩人弓著身體相擁，他的手越過如鳳身軀，緊緊的抱著她。

陳禹錫再張開眼睛時，王如鳳已換好外出衣著，上過淡妝，整理著行李。

對王如鳳而言，母親辭世後第一次再見到陳禹錫，原也只是和昔日情侶重溫一點舊夢。沒料到短短一天多的交集，如巨浪沖擊，亂了她原本的步調。兩個多月來，她的現實生活圈只有母親、菲傭、醫師、護士群，連陳禹錫都只能算得上是插花的。沒料到這個插花的，在她離台前夕，卻是無限的放大，變成主角。

昨夜的激情，是她多年來未曾有的經驗；與陳禹錫相處時，出現那些她原本陌生的人、事、物，竟像深埋在心底多年的爆竹串，一件件爆開來。

陳禹錫下床坐在沙發椅上：「昨晚……」

「不要再說了，我們這麼大的年紀，沒有甚麼事情不是自願的，沒甚麼好後悔的。」

王如鳳端著咖啡，坐進陳禹錫右側的沙發，臉上有難以理解的羞澀微笑。

「記得你提過的緣分與親近的矩陣嗎？我們原來是有緣無分，親而不近，現在呢？」

「還在計較緣分與親近？我們的緣分超越現實，有分也有緣，否則不會這樣。至於親近呢，經過昨晚，我們可以說是又親又近。」

王如鳳閉著眼睛靠在陳禹錫肩頭，左手繞著右手：

「我這一輩子很少覺得我母親的不是，她的亂世婚姻決定了我的未來。我從她失智後還記得你這件事，也無從知道她是否曾經後悔過逼我離開台灣。」

兩人彼此坐擁著對方，沉默許久未發一語。纏繞的手指緊緊的抓著對方，好似許多年前生怕被亂世潮流沖離的心境。

＊＊＊＊

兩人搭上朱以德的計程車時，已過中午。王如鳳請他先走一趟和平東路底的慈恩園向她母親辭行。

陳禹錫陪著她進電梯上靈骨塔七樓，依次向觀世音菩薩及如鳳母親靈位獻香後，再陪著如鳳走到置放她母親骨灰罈的位置。陳禹錫讓如鳳坐在圓凳上，對著她母親的骨灰罈默禱，他安靜的坐在旁邊。幾分鐘後，陳禹錫先離座，讓如鳳與她母親獨處。

如鳳出來時臉色蒼白，眼眶略紅，看得出流過淚。陳禹錫輕拍她的肩膀無言。

拉著陳禹錫去慈恩園向母親告別，原不在王如鳳的規劃行程。經過這兩天的相處，陳禹錫是她在台灣除母親外最親近的連結，從心理向母親告白，讓母親再見一次陳禹錫，是王如鳳從旅館退房前才浮現的想法。

一路上陳禹錫與如鳳沒說甚麼話，隨著思緒的動脈，偶而相互握緊手指，側臉面對微笑。陳禹錫幾次見到如鳳皺著眉頭，按揉耳際與太陽穴，問她是否不舒服，她僅輕輕敲了他一下：「沒有，有點累就是！」

到達九份，朱以德停好車子，帶著兩人沿著輕便路斜坡往上走，走進一家明亮的咖啡館，進門後左側是「胡達華釘畫工作室」，右側懸著「野事草店」招牌，店裡掛著胡達華九份風景的釘畫。

從咖啡館遠望，基隆嶼海角被對面的建築擋住，要從不同角度才看得到。王如鳳請朱以德以窗取景，從看得到基隆嶼的角度幫她入畫。約個把鐘頭，朱以德就完成畫作：王如鳳側身靠窗，明顯可以認出是她的相貌，遠處是基隆嶼部分海景，她望著遠處遐思。

王如鳳對這兩天來與陳禹錫的相處，心理很複雜。中午出門前，帶著陳禹錫上慈恩園祭拜母親辭行，冥冥中只是覺得應讓母親知道，自己返美前夕，竟然越過了母親四十年前畫下的紅線，也對自己經過這些年，還燃起軀體熱烈交織的慾念覺得意外。陳禹錫也猜想王如鳳的思緒，感覺到她臉頰微紅，兩人的手指交纏緊握，久久不語。像電影一樣，回溯他們大學時期的戀情、美國留學時期的離捨，跳到這兩天出軌的親密行為。

朱以德送兩人到桃園機場，王如鳳謝謝他今天的導覽與素描：

「對不起，我手邊台幣不多，信封裡這些美金請您笑納，一千兩百元美金。」

朱以德聽到這個數字嚇了一跳，連忙推著說：「這太多了，車資加素描頂多兩萬元就很多了。」

「朱先生，您不要客氣，要不是禹錫的關係，我也不會有機會認識您，九份遠眺海景的畫面，也只有您能做得到。」

陳禹錫從旁打圓場，讓朱以德接受並先告辭。

兩人坐到機場的飲食攤位角落，話語不多，約經個把鐘頭後，王如鳳表示她還是要早點出關。

陳禹錫陪著她走到出境關口，正想說幾句話告別時，王如鳳不讓他有機會開口，吻他嘴唇許久，緊緊的抱著他一陣：「Take good care of yourself!」

轉頭拉著她的手提行李，直接走過出境關口，沒回頭。

陳禹錫臉頰上留著的是她的淚跡。

＊　＊　＊　＊

二〇二〇年元月初，社會氛圍已開始進入春節長假的步調。

就在陳禹錫要離開辦公室之際，董事長室祕書轉進來電話：「陳教授，有一通您的電話，她說是美國的朋友。」

陳禹錫心頭一跳，又想到一年多前王如鳳不告而來的那一段往事。

「喂，請問是陳禹錫嗎？我是美國王如鳳的朋友趙莉群，不知您是否還記得我？這次回來有她交代的事情要見你一面。」

「趙莉群？」

陳禹錫當然記得，趙莉群是王如鳳友誼超過半世紀、能夠分享喜怒哀愁的知己。在王如鳳與他交往過程中，她也知道王如鳳母親畫下的紅線。好些年前，王如鳳提起趙莉群嫁給研究所時認識的一位華裔富二代，婚後美國印尼兩邊跑。

陳禹錫約好趙莉群傍晚在台大校園旁的咖啡廳見面，一眼就認出她來。一身黑色套裝與Ecco品牌的運動鞋，側背著一個日本名牌信三郎的大麻布包。

趙莉群打個招呼：「哈囉，禹錫，我們至少三十年以上沒有見面罷！」

「最後一次見到您，是我離開美國回台灣那一年吧？一九八五年？」

「應該是吧，知道你從公家機關轉到學校以後，就很少聽到你的消息。」

「倒是妳結婚的消息，是有一次她約我見面時當面告訴我的。」

「喔，我有請她參加我的婚禮！我婚後在美國跟印尼雅加達來回，就是很少經過台灣，我父母親跟弟弟同住，較不需要我操心。最近一次回台灣，是與如鳳一起參加畢業四十周年高中同學會，有好幾年了。」

「唉，我們這個年紀，大小事情都經歷過，很難回首望當年。倒是如鳳走前，特別跟我提起你有關兩人之間緣分與親近的論述。」

「如鳳走前」這幾個字帶給陳禹錫無比的震撼，他瞬間心跳悸動，臉色蒼白，有點喘不過氣：

「妳說甚麼？如鳳走了！怎麼走的？什麼時候？我為什麼都不知道！」

陳禹錫抓著趙莉群的手，難以置信的急促詢問，差點把桌上的水杯推翻。

王如鳳罹患多發性骨髓瘤這些年，並沒有告知陳禹錫。疾病療程也算穩定，回台照顧她母親的那一段時間，也沒出現什麼狀況。王如鳳回美國後，與陳禹錫的有限電子信件來往，也僅是輕描淡寫、寒暄問暖。

王如鳳對趙莉群提起她回台照顧母親與辦理後事，離台前與陳禹錫最後一段的情緣，沒有講得太細；請她將朱以德的素描作品帶回台灣給陳禹錫時，約略提到九份行的經緯。

趙莉群與王如鳳兩人超過半世紀的情誼，大抵也能猜測兩人之間發生過甚麼事。但就像將近三十年前王如鳳結婚時，王如鳳對趙莉群剖心告白，她不忍違背母親多年來的殷望，落地生根美國，割斷母親亂世姻緣的家世羈絆，也了卻母親一輩子的期望。

「如鳳罹患multiple myeloma已經五年以上，這種免疫性的疾病，尚無有效的治療，只能延緩疾病進程。」

「她從未向我提起她的健康情況，前年她回來時，也沒感覺她有什麼異樣，只是偶見她揉著耳際，說有點頭痛。」

「是啊，她一直比較discreet。」

趙莉群從她背包裡拿出的一卷圖，攤開來就是王如鳳倚著「野事草店」窗框、遠眺基隆嶼的素描。

「如鳳非常喜歡這張圖，特別交代我將這張作品帶回來給你，希望你的記憶能夠停留在那一瞬間。」

陳禹錫至此，已是滿眶淚水。雖然，王如鳳是久遠年代、情緣已盡的過往，前年底她離開台灣的那段火花，反覆出現在他夜半夢迴中，他也曾一時衝動，想飛到美國去探視她，終因這是另一段不會有結果的旅程而作罷。

兩人一陣子的靜默後，還是趙莉群先開口：「我和如鳳的交情，有些她不便啟口或她母親也不知道的事情，如鳳偶而還會跟我訴說。總之，上一輩亂世的糾葛，本就應該隨風而逝。我覺得如鳳太在意她母親，委屈自己的直覺與感情。倒是你們兩人間，彼此也無虧欠，留著一段美好的回憶，是最好的紀念。」

天色已黑，趙莉群覺得如鳳交代的任務已了，遂起身告辭。

兩人分手前，趙莉群從手提袋提出一件包裝好的作品：「這是如鳳託我的最後一件事，您母親的畫作，經過一番轉折，原璧歸趙。」

陳禹錫回家後，對著客廳牆上著兩張如鳳當年的素描作品及攤開在餐桌上的仿陳澄波畫作，眼淚禁不住流下來。

淚眼中讀到王如鳳纖細字跡的短簡：

你母親這張作品，我請莉群透過她父親警界的網絡，讓畫廊老闆瞭解這張作品的來龍去脈，也提出陳澄波原作照片佐證，沒花多少錢，只是物歸原主。

我祈望，這是我真正可以回報我們四十年情誼的心願。

Take good care of yourself!

# 緣起・緣滅

## 一、母子

威廉聽到門扇的聲音：「媽，您回來了。今天醫院的情況還好罷，是不是還是一樣緊張？」

「ＯＫ啦，看這趨勢，COVID-19流感化很明顯，重急症病人大幅減少，醫院同仁整體的情況也已大幅緩和，人手、器械短缺的情況已經不常見了；病人的流量也逐漸恢復正常。」

王孝如是一位年近耳順之年的內科醫師，本來已淡出臨床執業，但因這兩年COVID-19疫病盛行的關係，自告奮勇回到原來的醫院支援。王孝如近四十年臨床執業的經驗，讓她在一片混亂中，幫忙穩住大局，給予年輕世代的醫療團隊甚大的支持。

威廉擔心的是母親的年紀以及並不強壯的身體，暴露在高風險環境下的可能狀態。兩年下來，他很欣慰看見母親不僅恢復活力，對於自己從事的工作，也有相當的滿足感。威廉從事的是網路醫藥產品通路設計，原是美國數一數二的醫藥品物流公司資深系統設計師。疫情期間，需求增多，他光是在居家線上作業，就已忙不過來，甚至連海外的客戶也增加許多；威廉在柏克萊加大的同學李家興就一直催促他疫情一旦緩和，走一趟台灣洽談合作事宜。

「媽，日本的疫情管制逐漸解封，台灣應該也是一樣。我打算年底跑一趟。我大學同學李嘉興的企業集團對我的網路醫藥品流通追蹤程式設計有興趣，希望我親自去磋商。您要不要跟我一道，也快十年沒有回去了。」

王孝如當年台大醫學系畢業後，就申請到舊金山加州大學微生物及免疫學研究所的獎學金赴美深造。攻讀研究所期間，順利取得美國醫師執照，憑著醫師／博士雙重資格，也在舊金山加州大學附設醫院取得正式職缺，並兼任教職。冠狀病毒是她研究領域的一環，雖然不是主體，但以王孝如對冠狀病毒的瞭解以及臨床經驗，使她在醫院防疫戰爭中，發揮承先啟後的角色。年資雖深，卻因她對醫院同儕不具威脅，所以人緣甚佳。醫療團隊成員與病人，認為她像一位慈祥的老阿嬤，和藹可親又具備英語、日語、華語以及簡單西班牙語溝通能力，甚受歡迎。

威廉擔心的只是母親王孝如拼命三郎、一生懸命的衝勁，可能忽略了她體力已不如年輕時的狀況。

＊　＊　＊

王威廉是王孝如醫師多年前的未婚生子，台籍企業家古寬仁是王孝如兒子的生父，但兩人間沒有婚姻關係；古寬仁甚至可能不知道他在美國出差，與王孝如的短暫情緣，為自己留下一個後代。

王孝如從小就告訴威廉，他父親顧匡任多年前離開他們母子，回到中國，因為是中共開國元老的後代，被認為是太子黨成員，自然是中國與美國建交以後的第一批留學生。學成不久碰上中國經濟改革，快速起飛，選擇回中國發展。因為父親的工作與職位太敏感，受到父母親異國婚姻的影響，王孝如刻意淡化甚至斷絕這段婚姻，希望讓兒子威廉有機會成為一個正常的美國人。單親家庭成長的王威廉，承襲母親王孝如獨立自主的個性，母子間親情甚近，溫文儒雅，相當得到親友長輩的疼惜。

王孝如從威廉小時候，就用說故事的方式述說她自己父親與母親的中日姻緣以及歷史的糾結。王孝如到美國十年落地生根後，父親因肺疾辭世，她就將母親接到美國同住，順便幫忙照顧威廉。威廉與祖母敏子學著以日語溝通，加上一些華語，因此威廉與祖母還算親近，只是問起他生父時，敏子都以她來美國時，他生父已回中國，沒甚麼印象。其實，王孝如有跟母親提過她與古寬仁間的短暫情緣，中國籍父親的故事只是藉口，王孝如也無意讓威廉跟古寬仁之間有親子實質或法律的連結，所以，王孝如懷孕以後，就不再和古寬仁有所聯繫。只是，威廉出生時，王孝如在美國擔任律師的大學好友張犁華建議她，好歹在出生證明書生父資料一欄填上Kuan-Jen Ku，以備萬一，顧匡任與古寬仁的英文發音拼字一樣，沒有人會認真追究兩者之間的差異。

# 二、家世

王孝如從小品學兼優，學業、音樂樣樣傑出，與王孝如哥哥的狂妄不拘是明顯的對比。父親王啟先是留日的藥理學家，王孝如母親是日本人，她的朋友都稱敏子阿嬤。敏子嫁給留日專攻藥理的中國留學生王啟先後不久，中日戰爭爆發，王啟先帶著日籍妻子回上海，不久遷移至香港，國共內戰之後再移居台灣。

王啟先是個不擅長人際交往、個性孤僻的學者，因緣際會進入國防醫學院但任藥理教職，但是他的留日背景與日裔太太敏子，在教職員宿舍圈內，兩人也是形單影孤，沒親近同事或鄰居可言。王啟先酒後舉止，往往接近家暴邊緣，看在王孝如眼中，從小對成家沒有太大的誘因，即使找到對象，也不要生小孩，她經常這樣盤思。成長過程，王孝如對婚姻與家庭的認知，受雙親影響至深。其實，她也沒聽過母親對父親的怨懟，諸事逆來順受。有一次，父親酒後情緒欠佳，用日語大聲責難母親，出手推倒她時，讀高中的孝如大哥承厚在也忍不住，介入雙親之間，換來的是父親在哥哥臉上明顯的一巴掌痕跡。

感覺上，對父親酒後失控的舉止印象不深，反而母親逆來順受，不改日本女性溫柔婉約的行止，無形中形塑出王孝如婉約內斂的個性。她也遺傳到父親對學術研究的嚴謹與執著態度。但是在家人互動方面，王孝如感覺到的始終是冰冷的氣氛。她很少看到父親對母親的笑容，好似中日戰爭歷史的情緒，是個打不開的結，尤其在汀洲路國防醫學院的教職員宿舍環境，留學日本與日裔太太也像是個烙印，緊縮王孝如的生活空間。

總之，王孝如與父親之間並不親密，她對父親的敬畏態度，只有展現在學校成績單或得獎時，父親的笑容讓她覺得安慰；但是她與父親之間大抵就靠此關係聯繫親情，父女間鮮少有學業以外的對話。

敏子到兄妹兩人分別進入大學後，在中山北路巷子裡開了一家裁縫店，專門替日本人定身縫製衣服。因同為日本人的緣故，吸引不少政商眷屬上門，王孝如到母親裁縫店時，感覺到母親鬆弛的神情與笑容，是她在家裡尤其是父親在場時，難見的景象。

父親留日、母親日本人，對一九六〇年代前後台灣大環境的氛圍而言，王孝如父親在國防醫學院的處境，有若干沉重感，全家人並非無所知覺。是因此或父親個性導致雙親緊張的婚姻關係，甚至一直持續在緊張邊緣，王孝如也無從知悉。只是，她從求學時期到大學醫學系畢業，沒有真正與男性同學交往過。以王孝如的長相及氣質，對她有好感或示意追求者眾，但每每心頭先呈現的都是父親默落的神情，以及他與母親之間的夫妻冷淡對應。

醫學系畢業後，臨床實習期間王孝如就開始申請美國研究所，一方面是想離開家裡清冷的環境，另一方面也是父親鼓勵他往研究所攻讀博士學位。對王孝如家而言，雖然她也熟諳日語，但日本於她沒有太多正面誘因，美國可能是另外一扇機會之門。這麼多年後，她對父親最深的印象還是在桃園機場向父親告別時，父親老淚縱橫，看看在眼裡咬緊牙根，說道：「多桑，我走了，您多保重！」忍住淚水，轉過頭走向出境門，不再回頭。

## 三、情緣

武田博一是王孝如到舊金山加州大學研究所後才認識的日籍留學醫師。聊起來時，發現武田博一的父親與王孝如父親竟然是九州大學藥理研究所的同學，兩人的第二代不約而同走上學醫與研究所深造之途。

武田博一是東京大學醫學系高材生，畢業後進入東京大學攻讀生化博士，王孝如則是台大醫學系畢業，赴美專攻免疫學。因父執輩的關係，兩人來往互動較與其他台灣或日本留學生密切，彼此也常以日語交談。王孝如也知道武田對她的好感，武田幾度委婉地表達期望長久相處的態度，但是王孝如始終缺乏一股熱忱。

王孝如到美國三年，就順利完成研究所博士學位，隨後以醫師／博士身分進入舊金山加州大學附設醫院就職；武田博一獲得東大生化博士，申請到舊金山加州大學為期二年的博士後研究，準備將來回日本東京大學任職。兩人在這段期間，斷斷續續交往，武田雖嚴肅，但溫文沉穩，確實挑動王孝如沉寂多年的心境，讓她心防開始有點鬆動。但是一想到日本，就是覺得缺少一種她無法釋懷的微妙心情。

雙親的異國姻緣以及戰後中日兩國的處境，王孝如對她家在國防醫學院宿舍環境的感受，相當深刻。武田博一則從未考慮過留在美國發展，日本是他的母國，家族關係根深蒂固。王孝如每每想到這一點，心頭就涼了一半。

武田博一與女友廣欣由里是兩家世交的交情，他與由里從小一起長大，小學、中學都是同進同出。廣欣由里大學就讀的是私立名校津田塾女子大學，武田博一進入東京大學醫學部，兩人遵循典型日本世家男主外女主內的配對模式。武田博一專注他的醫學之路，廣欣由里則是音樂、禮教、花藝樣樣學習，兩人在家長默許之下，進出也早無隔際。廣欣由里沒跟著武田到舊金山，正好也逢上家中祖父母健康狀況不穩定，暫時沒有同行。沒料到疫病流行，一拖將近兩年，連這期間武田幾乎每半年回日本兩星期的探親也為之中斷。隔海小別也慢慢成為常態，直到疫情趨緩，武田博一的博士後研究將告一段落，希望廣欣由里走一趟舊金山，不讓舊金山成為兩人間的空白記憶。

事情的發生，是在武田博一提起兩星期後要去機場接一位日本來探視他的青梅竹馬廣欣由里，邀請王孝如一起接機。一開始，王孝如不以為意，也答應一同前往接機。

就在廣欣由里抵達美國前幾天，兩人一起參加醫院日裔同事的婚宴。大夥情緒甚嗨，到新娘丟捧花時，王孝如被擁著上場，不經意間新娘捧花竟然落在她手上，連帶武田博一也被一群人推擁一道，好似接下來就輪到他們這一對。

婚宴散場後，一群人散去，兩人有點尷尬地沿著公園走回武田博一的宿舍。酒酣耳熱之際，兩人進入武田博一房間，王孝如對武田博一的熱情動作，也沒有太大的抗拒。兩人交往這些時候，或牽手或臉頰輕吻，王孝如都沒太多感覺。但是那一個晚上，王孝如身體有如點燃一把久未燃燒的火炬，她奮力回應武田熱唇對她的探索，從臉頰、頸身、脅下，武田雙手移到她胸前時，王孝如只覺得渾身發熱，不自覺擁緊武田。那瞬間的熱度與歡愉，是她成年以來未經歷的體驗。事後，武田右手擁著她，王孝如熱度未退的臉頰貼著武田胸部，側身壓在武田身上聽他的心跳。

兩人沉默許久，武田提起，希望她跟他回日本共創家庭與事業。對王孝如而言，與武田的這份親密，雖不在她預料之內，但事情發生時，她也覺得很自然。本來王孝如就不曾認真考慮過結婚成家，武田博一算是她心裡接受的交往對象，可以一想到父母親的異國婚姻，以及主觀上與日本社會的隔膜，她的心情就涼了半截。王孝如沒多說甚麼，在武田博一雙唇深深一吻，淡淡的說：

「別想這麼多，你也不要覺得需負什麼責任。」

王孝如隨著起身，穿上衣服，留著一時不知如應對的武田博一。

隔天，王孝如在研究室外走廊遇見武田博一。兩人穿著實驗衣，王孝如的淡妝神采，與武田博一顯然沒有睡好的發紅眼明顯對比。兩人坐在研究室走廊中的咖啡廳，武田雙手握著桌面上王孝如的雙手：

Justine, there are something that you may have known, and I haven't got opportunity to elaborate ……（Justine，有些是事情妳可能知道，只是我沒機會說清楚……）

雖然武田博一提過廣欣由里，也承認兩人青梅竹馬的交情。武田與廣欣兩方家長對兩人互許終身的默契，在親友間已經是大家公認的事實。這趟廣欣由里來舊金山探視武田博一，等於也是武田博一回日本舉行婚禮前的蜜月旅行的前奏。

王孝如聽武田博一娓娓道來他與廣欣由里的情形，心裡很複雜，不是氣憤也不是忌妒。

當下只怪自己昨晚一時太衝動，多年守身的界線竟然撤防。王孝如看著武田博一有點不知所措的樣子，平靜說：

That’s alright! I have no intension to intervene your relationship with Yuri. Just keep what happened last night as a part of your memory. As I said, you do not have to feel any responsibility or regret. We’ll be colleagues as before, so is my position to Yuri. I still like to see her.（沒關係，我無意介入您與由里之間，昨晚發生的事情就當成是一個回憶。我說的算數，你無須覺得有任何責任或遺憾，我們一樣還是老同事。我對由里也是一樣待，還是希望能接待她。）

到了下班時間，實驗室同仁陸續離開。王孝如近八點鐘關上實驗室大門時，發現武田竟然在電梯門口等著她。

王孝如說了一聲「嗨！」，進入電梯後兩人沉默相對無言。走出實驗大樓，王孝如快步往前走向她的宿舍，武田從後跟上用手握緊她，拉著她往另一方向朝著自己的宿舍走。王孝如也沒有抗拒，心裡雖然很矛盾，但經過昨晚藩籬撤離的親密接觸，心頭砰砰然的感覺再度興起。

兩人走到武田宿舍門口時，王孝如突然清醒過來，撇開武田的手轉頭離開。沒兩步路，武田從後面緊緊擁抱住她，語帶嗚咽的說：

Please give me an opportunity, listen to me!（Justine，請給我一個機會，聽我說清楚。）

王孝如沒有推開武田從背後的擁抱，武田的熱氣吹著她的頸肩。

Please relieve me!（請放開我！）

武田聽她這一講，雖然不是大聲抗議，鬆手抓著王孝如的肩膀轉身：

Please listen to me, I really mean it!（請聽我說，我是認真地！）

王孝如望著他，心想聽有什麼用，這是個解不開的死結。一整天她反思覆想，心理已有定見。

即使心裡這樣想，她還是跟著武田回到他的房間。雖然是博士後研究，宿舍的規模與研究生一樣，十坪大小的空間，小客廳、廚房與浴廁之外，就是一張床與旁邊的小書桌。王孝如見到床上仍然是凌亂的被單，竟也臉頰一紅。

武田博一發現床上亂象，也覺得不好意思。快速整理一番後，王孝如坐在沙發上，武田替兩人各沖杯即溶咖啡後，蹲在地板上望著她，有點手足無措不敢去碰她。

王孝如見他這副窘狀，不覺失聲一笑：

Hirakazusan, don't be so kimazui!（博一桑，不需要如此拘謹！）

雖然武田博一與王孝如間，兩人的對話，也常見英語日文交叉，但是王孝如的這番話，倒也解除了武田的緊張情緒。王孝如稱他「博一 san」算是暱稱，平常常用的是武田博士（Dr. Takeda）。

尷尬窘狀稍解，武田仍然小心翼翼的斟酌每一句語詞。兩人對話起來有點索然無味，武田只能繞著心頭主題邊際言語，王孝如不忍心見他這樣，右手拍著他的肩膀，拉著武田的手坐上沙發來：

As I said, you are not obliged to what happened ……（就像我所說的，你無須對先前發生的事有任何義務……）

王孝如說到此卻也講不出last night（昨晚）這兩個英文字，突然覺得臉紅起來。

兩人這樣沉默的僵局持續許久，武田右手緊緊握著王孝如的手，卻也沒有進一步的動作。用日文喃喃自語，回憶他與廣欣由里的多年戀情。王孝如很清楚，武田顯然很難以切割這段情緣。廣新由里即將來舊金山與他相聚，加上兩人昨晚突發的意外，更讓他無所適從。

王孝如知道，這終會是一場無言的結局，起身拍拍武田的膝蓋：「我回去了，晚安！」

# 四、友誼

廣欣由里抵達舊金山的前一天，離武田博一與王孝如兩人擦槍走火的那晚已一星期。一星期來，王孝如逐漸淡釋她和武田博一間那一夜情緣，但心理複雜情緒反覆起伏。終究，將近兩年來，武田博一幾乎是她唯一來往交情較近的男性友人，雖然王孝如不曾認真將武田視為可能結婚的對象，但是她和武田博一相處時，心理倒也自在輕鬆，不覺得有甚麼負擔。每次武田提到廣欣由里的事情，她也都大大方方地表示，有機會要見見她這位未來可能是武田太太的青梅竹馬。

所以，當武田博一拜託她幫忙接機時，王孝如竟也沒有拒絕。

＊　＊　＊　＊

廣欣由里本人就像武田博一形容的樣子，精緻淡妝的臉頰，淡淡的唇膏與眼線，是標準的日本上等家庭出身的女性。走出舊金山出境通道，看見武田博一也是抑制久別的欣喜，很

客氣地用日語敬稱：「Hirakazusan，おつかれさま。」（博一桑，辛苦了）

武田介紹王孝如時，廣欣也很客氣地的說：「初めましてよろしくお願いします。」（初次見面，請多多指教。）

廣欣由里終究是日本社會出身的大家閨秀，直覺上就聞到武田博一與王孝如之間的微妙關係。但是像日本社會一樣，她很客氣地感謝王孝如這兩年來給予武田博一的諸多照顧，也希望將來王孝如有機會能到日本訪問，接受他們回報這期間給予的情誼。

撇開這段微妙的情緒，兩人間倒是像姊妹一樣，幾乎無所不談。因為，兩年來，王孝如從武田博一的言談中，已相當熟悉廣欣由里的個性與日常生活細節。廣欣由里在舊金山那兩星期，她還幾度要求單獨與王孝如出遊灣區美景，讓武田博一有如啞巴吃黃蓮，擔心兩個女人間是否會擦槍走火，互吐心底話語。兩人間，一個是日本高等階級禮教出身的淑女，待人禮數，進退有節，與科學家出身的王孝如，相處有如姊妹，只是提到武田時，王孝如總要審酌幾番用詞，才能以對。

王孝如對於與武田間的情愫，倒是很坦然，她覺得就是那麼一夜情，兩廂情願，她原本無所求，對婚姻本就不存任何期望。因此，她盡地主之誼，請了三天假，開車陪著他們到酒莊納帕山谷（Napa Valley）旅遊，品酒兼藝術之旅。廣欣由里還知道酒莊附近的米其林三星餐廳 French Laundry，可惜無法臨時出現三個人候補的餐位。

善體人意的廣欣由里雖然知覺到王孝如幾次落寞的神情，總以為她放不下家中輕度中風的母親敏子。廣欣由里抵達舊金山的第二天，王孝如就安排與母親請武田博一、廣欣由里在一家中國城餐廳敘舊。她的目的不外是藉此向母親宣告，她與武田博一的關係界線，也讓廣欣由里與日籍的母親敏子見面，釐清她與武田博一僅只於友情關係；加上敏子與武田博一雙親間，也有戰後一段同事之誼，王孝如這般布局，不著痕跡替自己畫分區界，讓這段「情緣」早日畫下停損點。

## 五、孽緣

早在王孝如就讀醫學系末期臨床實習階段時，就知道古寬仁這號人物，一是因古寬仁太太是母親敏子裁縫店的重要客戶，二是她擔任實習醫師期間，古寬仁的母親因病住院，不僅因古寬仁是企業界重量級人士的緣故，他的母親也是台灣傳統四大家族的成員。剛巧王孝如的一位好友顏惠珠是古寬仁太太年紀相差不遠的姪女，所以王孝如實習期間跟著醫院資深教授訪視病房時，也見識過大家族那般態勢。古寬仁帶著她太太和顏惠珠、王孝如打聲招呼，古太太還很客氣地請王孝如多花點時間照護她婆婆。

那是王孝如對古寬仁太太唯一的印象，帶著耳環與珍珠項鍊的古太太，雖然淡妝但仍流露出貴婦人的模樣。王孝如當時的感覺是：「我與她年紀約差十歲，但人生境遇卻相差一大截，那貴婦人一身的珠寶，不是她能夠想像的綺麗。」

後來是因古寬仁到美國業務考察時，顏惠珠約她一起與古寬仁吃飯敘舊，那時她才知道，原來古寬仁在醫院第一次遇見王孝如時，就留下深刻印象。

王孝如高挑的身材，知性的臉頰與氣質，連在商場高階打滾多年的古寬仁都覺得清新，多望她好幾眼。

古寬仁的太太還是敏子在台北中山北路裁縫店的重要客戶，敏子依稀還記得古寬仁有一次陪太太到店裡，還跟她以日語交談一段。沒料到十多年後，竟然因顏惠珠的邀請餐敘，與古寬仁重新交遇。正巧也是武田博一回到日本後一段日子，兩人關係從此斷訊，心情鬱悶時，與古寬仁的距離逐漸拉近。

顏惠珠約餐敘隔天，在實驗室的王孝如突然接到古寬仁的電話，前晚她並未與他交換通訊方式，王孝如當然也知道古寬仁要找到她有很多種方式。古寬仁問她有空一起晚餐嗎？王孝如沒想太多，反正晚上也沒其他事情，很爽快就答應。

古寬仁約的餐廳是在漁人碼頭附近，簡約低調，裝潢極為當代。王孝如到達餐廳時，古寬仁已入座等後她。看來古寬仁與這家餐廳蠻熟，還請試酒師幫忙搭配餐酒。

王孝如從武田博一回日本後，就很少應酬，一來沒適當的對象，頂多是和張犁華、顏惠珠老友固定餐敘。跟古寬仁的餐約，是一個多月來的首次。因此，她今天五點就離開實驗室，回家略作打點，頭髮梳齊，薄粉精妝，穿著平常很少使用的低胸緊身洋裝，外加一件小外套。

古寬仁見到王孝如時，眼睛一亮，與昨天餐敘時那副牛仔褲與套身洋裝的王孝如判若兩人。雖然年逾四十，王孝如成熟女性的氣息與裝扮，讓年近半百的古寬仁心底裡也有點悸動。兩人的對話，古寬仁數算從與王孝如當實習醫師時的初遇、古太太是王孝如母親裁縫店的客戶以及昨天的餐敘，三次短暫的會面都讓他留下深刻的印象，才會貿然約王孝如今晚的餐敘。

王孝如有點受寵若驚，沒想到從來只在報章媒體閱聽到的台灣企業重量級人物，竟然對十多年至今僅有數面之緣的一位陌生實習女醫師，印象如此深刻。古寬仁請王孝如問候母親敏子，還說，希望有機會見她轉達古太太鑾懷念訂做敏子裁縫衣裝的事情。古寬仁的英文與日語都相當流利，間插著華語，讓王孝如感覺不到任何台北與舊金山的隔閡。

黯淡燈光下，王孝如不只一次端詳古寬仁模樣，他的言談、衣著、事業布局等等，連對生醫研究領域也有些著墨，原來古寬仁企業集團在新北市有一家財團法人專科醫院。時間就在兩人相談甚歡、酒酣耳熱中消逝，對話中較少觸及者是家人近況等等。古寬仁這樣知名的企業家，對自家隱私還是很重視，王孝如則是父親已逝，母親陪她安居舊金山，沒什麼家族或事業可提，唯一的哥哥也很少聯繫。那種孑然一身的心情，連武田博一都無法理解。

古寬仁送王孝如回住處時，已接近午夜。王孝如雖覺得不好意思，但也維持著基本的矜持，在住家門口時，向古寬仁道晚安。古寬仁欲言又止，見她道聲晚安，也很有風度謝謝她整晚的陪伴。望著王孝如，握著她的手，禁不住湊上嘴唇吻了她。古寬仁感覺王孝如並無抗拒之意，這一吻持續許久，他正想進一步表達時，王孝如輕輕推開他，說聲晚安，轉身進入家門。

古寬仁隔天早上從機場打了電話給在實驗室的王孝如，感謝她昨晚難忘的溫馨甜美餐敘時光，希望彼此珍重，後會有期。

＊＊＊＊

事情過後，王孝如忙著她的臨床執業、微免研究與論文撰寫發表。雖然還是有些向她示好的人士，但是她心靜如水，激不起一點漣漪。武田博一已是歷史，古寬仁更是難以預測。雖然這兩個男士，與張犁華品談時，均認定均非委以終身的對象，但親密接觸的關係倒也無妨。即使如此，四人間的糾葛卻是她一直無法釋懷的情節，武田博一與廣欣由里是天作之合，她不願當日本社會的不倫者，更不敢對古寬仁有所期望。

兩人的情緣進入另一階段，剛好是王孝如接到武田博一回日本後舉行婚禮請帖的那幾天。雖然早知道是不可避免的事件，但是接到喜帖那一霎那，王孝如還是突然臉頰一紅，淚珠在眼眶打滾，心理極端複雜。正巧，古寬仁邀約同行參觀納帕山谷酒莊的電話進來。

武田博一回日本那一年，古寬仁幾乎每一個月都便裝來美考察，對外宣稱是為自家企業集團籌建旅館網絡，其實，大部分時間就是在旅館VIP房裡與訪客洽商合作事宜。最重要的行程則是與王孝如見面餐敘，這樣的狀況持續了半年之久。兩人像認識多年的朋友，餐敘與觀賞文化景點活動逐漸習以為常。

古寬仁這次約王孝如一起到納帕山谷酒莊的米其林三星餐廳French Laundry晚餐。

一路上，兩人話語不多，難得是古寬仁親自駕車，古寬仁平常在舊金山出差，進出都有公司專屬司機供他差使。這次與王孝如約會時，為保持隱私，盡量利用街車。酒莊之旅，更是破天荒自己駕車。路途上，古寬仁幾度握著王孝如的左手，見她並未拒絕，兩人的眼神與嘴角出現微妙的變化，好似彼此的距離拉近很多。

French Laundry的晚餐持續約三個半小時，兩人的wine pairing各六杯，合計也將近每人一瓶的量。餐後，兩人牽著手沿著附近的人行道走回約四百公尺外的五星級旅館。經過半年多來的斷續相處，兩人間的距離，已較無禁忌。但是王孝如心理反覆思考，和武田博一相同的無言結局，是否重複上演。

王孝如本來就對婚姻不存期望，親身體驗雙親的婚姻，讓她對成家並無幻想。但是，在美國多年周邊同事好友，男女同居相處、未婚生子的情況，早就見怪不怪。母親多年前輕微中風後，雖然身心行動並無大礙，但是也讓她分神。有一天跟摯友張犁華閒聊時，兩人不約而同提到生個小孩的構想。王孝如與張犁華都是女性權益自主性高的單身主義者，如碰到一位有可以接受的男性時，何妨「借種」，獨自撫養，替自己留一個未來。

當下，她盤算就這個機會，替自己留個下一代。

對古寬仁而言，王孝如是他夢寐以求的婚姻外伴侶，外觀、人品、學歷、涵養均屬上乘，即使在台北也有諸多顧忌，但是遠在舊金山，恍如另外一個世界，而且他深知王孝如對他並無婚姻的期盼。

French Laundry之後，兩人間的關係進入另一個階段。古寬仁幾乎每個月都會到舊金山，白天洽商，晚上的時間盡量辭卸應酬，與王孝如相處，幾度也帶著王孝如到美東實地視察。因古寬仁在台灣也算有頭有臉的企業家，兩人同行時，也相當低調謹慎。這事情延續了將近一年之久，王孝如確認自己懷孕之後，沒告知古寬仁。就利用與古寬仁最後一次聚會時，委婉相告她即將結婚的事情，請古寬仁從此忘了她，感謝古寬仁給她這一年甜蜜的回憶。

事情當然不可能如此簡單了斷，古寬仁努力從各方面追問王孝如未果。他也知道，王孝如對他並無所求，他也沒有立場去爭取兩人後續的情誼。但是，王孝如很清楚，她肚子裡的小孩生父就是古寬仁，除此，就是她與小孩的事情。

## 六、連結

王威廉抵達桃園機場時，正好是台灣國境重新開放初期。經過兩年多的COVID-19疫情，入境大廳的旅客還沒恢復疫前的流量，來迎接他的是美國大學同學變成企業合作夥伴的李嘉興。

李嘉興雖算不上富二代，但屬於出身醫師世家，私校國中畢業後就赴美的小留學生，與王威廉大學同寢室二年。同為醫師子弟，無形中就親近許多。兩人還有共同的廚藝與美食的嗜好，雖未繼承父業學醫，但回台後接手管理父親規模龐大的醫療體系。

台灣的醫療機構在全民健保體系上路之後，面臨許多資源緊縮與同業競爭與挑戰。李嘉興家族的敏星醫院集團在陸續擴張後，營運上逐漸出現現金流量吃緊的現象，雖然靠著家族醫療機構的聲譽，銀行借貸並無太大障礙，但利息支出仍然是醫療機構沉重的負擔。李嘉興費了很大的努力，說服父親將整個醫療機構作價讓給一家人壽保險公司，並以租賃建築地產方式繼續經營醫院業務。如此安排，除回收大筆資金外，人壽保險公司的租金只要在同業合理報酬之上，彼此維持著穩定的租約關係，租金可列為醫院營運成本的支出，算是互蒙其利。

李嘉興就利用家族醫療機構產權重整的機制，趁機將業務擴充到健檢與醫藥品物流領域，前者是利用自家醫療機構體系招攬新竹科學園區的電子資訊廠商員工的健檢服務，等於是替醫院開創健保以外的財源，後者則是利用健保慢性病處方箋的釋出，以醫院為藥品採購的基礎，擴及與社區藥局的合作，提供醫藥品物流管理的服務。王威廉在醫藥品物流串聯與流通追蹤系統方面的經驗，正好對李嘉興的事業有提升效能的助益。台灣近期發生仿製原廠之偽藥事件，使藥品從製造、品管、運銷到醫療機構與終端消費者病人的追蹤系統，引起政府管理與社會的重視。王威廉的藥品識別追蹤系統可以回溯每一批藥品製劑的原料、賦形劑、批號、包裝、運銷、倉儲以及調劑後的流向，是相當具有創意的藥品物流追蹤系統設計。

王威廉在台灣的兩個星期停留，李嘉興帶著他南北拜訪客戶，對於衛生福利部食品藥物管理署的優良療醫藥品流通規範以及藥品追溯系統的建構，王威廉提供美國與歐盟在這方面的法規近況與發展，對於力求打開歐美先進國家市場的台灣生技製藥界，等於是開啟一扇新的窗口，也替李嘉興公司新添不少簽約客戶。留台兩星期的期間很短，臨別前夕，李嘉興約王威廉一起跟他父親李敏星醫師餐敘，地點選在國貿大樓三十四樓的名人坊餐廳。

王威廉知道李嘉興的父親李敏星醫師是台灣北部醫界的大老，也曾經擔任過兩屆的民選立法委員，但終究脫不了台灣傳統社會知識分子的身段，兩任立委下來，不僅沒為自家的醫療體系建構更寬廣的事業基礎，還因愛惜羽毛，謹慎行事，使得家族醫療事業面臨困境。具柏克萊加大經濟系畢業、哈佛企管碩士的李嘉興，理解父親守成的個性，深覺龐大的非營利醫療機構的家產，遲早是個負擔，父親又無意放棄醫療的本業。所以，李嘉興花費相當多的心力，從旁協助醫療機構的業務管理，提出將醫院地產出售轉為租賃的方式繼續經營，不僅替家族實現現金流量與經營的壓力，還可利用房地產交易所得的現金開展其他周邊商機。

李嘉興的構想在醫院房地產所有權轉讓後，不到五年，新創的藥品物流公司公開發行，隨即登上興櫃買賣，二年後順利上櫃。李嘉興也成為台灣生技製藥界的後起之秀。

李敏星雖然對於兒子從商始終覺得有些遺憾，但看自己的兒子將醫院營運不僅繼續維持，還繼續擴張到相關周邊事業，也釋懷世代交替的心結。近幾年，因藥品偽造導致的醫藥品追蹤系統軟體，不僅可逐批追蹤工廠產製的每一項藥品的批號與去向，甚至每一客戶、病人手中的藥品都足以追溯，深深認知到數位科技的無遠弗屆。趁兒子李嘉興邀約王威廉餐敘，他想藉機認識這位具創意的年輕世代。

除兒子與王威廉外，李敏星還邀約一位數十年的老友古寬仁。兩人從高中時期到大學，雖不同系所，但因家族長輩相熟，兩人間的交誼半世紀以來，始終持續不斷。彼此事業雖不直接相關，古寬仁企業集團創立癌症專科醫療機構時，李敏星還從旁引介許多資深醫界同儕效力。

國貿大樓三十四樓名人坊餐廳視野極佳，臺北盆地四周遠眺一覽無遺。對王威廉而言，台北是她母親王孝如的家鄉，汀洲路上祖父與敏子阿嬤的國防醫學院宿舍舊居，可以說一點關聯都談不上。倒是，李敏星醫師竟然還記得晚他好幾屆的王孝如，原來王孝如當實習醫師時，李敏星醫師正巧是台大醫院的主治醫師，也因古寬仁母親住院那段期間，古寬仁來探視他母親時，李敏星醫師會陪著他一起，從而對王孝如留下印象。

「William，這世界實在很小，沒料到將近四十年後，我竟然有機會見到台大醫學系學妹的兒子，而且竟然是我兒子的事業夥伴。妳母親都很好吧，她當年沒留下來繼續當住院醫師，我們都覺得很可惜。」

「她畢業後就申請到舊金山加大微免研究所的獎學金攻讀博士，後來考上美國醫師執照，自然而然就留在灣區發展。據媽媽稱，王家在台灣也沒有親戚，與中國老家或日本阿嬤家族也沒有甚麼聯繫。祖父過世後將阿嬤接到美國團聚，也算是移民。」

李敏星注意到王威廉右耳垂有片一公分大小不規則的胎印。他對這樣的胎印有很深的印象，那是王孝如當實習醫師隨診時，回答教授或主治醫師詢問時，右手不自覺的輕柔右耳根的習慣，很容易就讓人注意到那樣的胎印。

「你知道嗎？妳母親當實習醫師時，被教授詢問逼急時，雖然還是沉穩正辯，但是會不自覺得揉著右耳根，所以我才會注意到你與她有如此一樣的遺傳記號。」

## 七、父子初見

三人餐敘言談中，李敏星遠遠看到古寬仁朝他們方向走來，站起來招手：「寬仁，多謝您百忙中，光臨我這匆促通知的餐敘！」

李嘉興也跟著父親站起來：「古董事長好！」

古寬仁對李嘉興這晚輩算熟識，從小看著他長大從小留學生、柏克萊加大、哈佛到回國，也瞭解李嘉興在老友醫療事業轉型的規劃與執行力。

「喔，好好，事情都很順利吧！」

四人坐下來後，李敏星向古寬仁介紹王威廉：

「這位王威廉先生，是嘉興新創事業的夥伴，算起來您對他母親或許還有一些記憶，王孝如醫師，是我當台大主治醫師時的實習醫師，那時您母親住院期間，幾度看診，王醫師都跟著照顧。」

李敏星這段話，像一陣瘋狗浪衝向古寬仁，他的臉色突然變得有點異常：「喔，是嗎？那麼久以前的事情，可能還有點印象，但不是很清楚。」

古寬仁一坐下來，仔細端詳王威廉幾眼，似乎想在他身上尋找王孝如的身影：「哎！年紀大了，如果不是常見面的朋友，連臉孔五官大多沒什麼記憶了。」

話雖這麼說，但是古寬仁盯著王威廉的眼神，使王威廉多少產生幾分緊張。對方是台灣企業界的資深大老，龐大事業群與社會聲望均久仰其名，如今當面見識，讓王威廉也有點兢兢業業，不自覺中，手輕揉著自己的右耳垂。

就是這個動作，李敏星問起古寬仁：「您還記得王孝如手捻耳根的樣子嗎？當年實習時，被教授或主治醫師質詢時，她再沉穩的神態，也還是有捻著耳垂思考回答的模樣。」

經李敏星這一提，古寬仁啞然失笑：「現在我想起來了，就是那位身材中等、氣質出眾的實習醫師。我母親住院時，好幾度提到這位醫師咧。」

古寬仁難以啟齒的是他與王孝如的那段情緣，雖然已是多年音訊渺茫的事，但是他注意到王威廉右耳根後端那枚一公分大小不規則的胎印時，如觸電般的感覺傳遍全身。

王孝如扭耳垂的習慣與右耳後的胎記是兩人獨處時，王孝如倚在他懷裡習慣的動作。每次他輕拂王孝如耳垂的胎印，都可以感知王孝如的悸動與回應，古寬仁無從知道究竟是王孝如的敏感部位，還是兩人獨處時的氛圍所致。王孝如撫媚的眼神與發紅的雙耳，是古寬仁與王孝如兩人在一起時難以忘懷的情景。

只是，將近三十年過去，雖然古寬仁好幾度赴美出差時，希望再見王孝如一面，始終沒得到任何回覆。一直到他的姪女顏惠珠告訴他，王孝如已結婚有兒子的事實後，古寬仁才死了心，不再試圖重聚。

事業一忙，時間一久，幾乎已完全忘記王孝如的影像。沒料到，這麼多年後，竟然真正見到她的兒子，而且右耳根後的胎印與王威廉的動作，竟然如此如劍出同鞘。

李嘉興簡要向古寬仁說明他們家族醫療事業版圖的轉型與擴充，這幾年來李敏星也有機會讓古寬仁知道他醫療事業的轉型策略，買下李敏星醫院房地產的人壽保險公司還是古寬仁引介的。古寬仁比較不清楚的是醫藥品物流與藥品追蹤系列編碼的商機，雖然他也知道美國醫藥品物流通路的大概，但是對仿冒以及藥品系統標誌系統的規範發展則較陌生，因此。古寬仁也懇切的向兩位後輩瞭解，並藉此多知道王威廉的各種事情。

大家分手交換名片後，古寬仁匆匆趕著下一場應酬去，緊握著王威廉的手期望後會有期。王威廉接過古寬仁名片，一時並未注意到古寬仁的名片背面的英文 **Ku Kaun-Jen**。

## 八、鴻溝

王威廉回到美國之後，向王孝如報告台灣此行的收穫，並提到李敏星與古寬仁餐敘的事，他覺得兩位年已逾七十不惑之年的長者竟然還記得半世紀前的實習醫師王孝如，真是不可思議。笑著開她玩笑，說她當年到底迷倒多少人。

王孝如也沒多說什麼，提到近期日本一位友人的女兒來美短期進修，請她幫忙照顧。年輕人嘛，就讓王威廉去操心了。

王孝如沒跟威廉講訪客是武田博一、由里夫婦的女兒，更沒提到她與武田博一的短暫情緣。只說，與王孝如家這邊，算起來是三代的交情，王孝如父親王啟先與武田博一父親的同儕關係，王孝如與武田博一夫婦的交情，到王威廉與武田順香就是第三代交情了。

其實，王孝如的健康狀況從支援COVID-19之後，開始逐漸下滑。王威廉一開始也沒注意，後來反覆出現王孝如記憶失常的現象，有一次甚至連從鄰近公園回家的路徑都弄不清楚而迷路。近期的情況更是時好時壞。所以，趁腦筋清楚那一霎那，交代王威廉盡心照顧遠來的客人。

王威廉偶聽她母親在越洋電話中與武田由里的對話，兩人話來話去充滿日語的敬語，才想起這些年來母親與日本武田博一家族間的禮數與客氣來往。其實，王威廉始終沒見過武田博一，武田數度訪美出席學術會議，也都是從母親王孝如那邊聽來的。只有一次，王威廉在波士頓見到陪同武田博一出席國際會議的武田由里時，武田由里對他的親暱稱呼，歡迎他去日本旅遊，而且一定要認識他們的女兒武田順香。

武田順香與她母親由里一樣，像是一個模子印出來的，這是王孝如初見武田順香時的印象。身材中等，但終究是日本上流社會家庭出身的天生嬌女，雖然精緻淡妝但掩不住她出眾的氣質，爽朗的個性使兩位年輕人很快就融成一片。短短兩星期的相距，兩人間已發展出彼此深切結緣的意念。二十一世代的男女關係雖然相當開放，但是王威廉與武田順香間的親密，也僅止於兩人握手相行，以及眼神間不可言喻的交往。

只是在王威廉心中，日本離他好遠。武田順香是日本高等社會的一個縮影。雖然開朗，但氣質、談吐都與美國多元化的社會有一段距離。兩人雖然個性、興趣相疊處多，但是社會網絡接觸的人物，顯然有相當的落差。王威廉出身單親家庭，母親的專業讓他在成長過程的經濟壓力相對他的同學為輕，但也習慣於簡樸的生活型態。加上年邁的敏子阿嬤，三代同堂，連家裡的鐘點照顧阿姨算在內，充其量只能算是典型的美國中產階級。所以，他對武田順香即使再有好感，也很清楚兩人間的平行線交叉處，可能是在無限盡頭處。

機場送行時，武田順香輕輕擁著王威廉，捧著他的臉湊上輕吻他，低聲道：「I'll see you in Tokyo!」（東京見！）

＊　＊　＊　＊

二〇二三年五月，王威廉應李家興邀請再度訪問台灣洽談合作事宜之際，回程至東京逗留兩星期。一是母親家族兩代交情的武田博一家人，另一當然是探試與武田順香後續情誼。武田夫婦當然看得出兩位年輕人間的交誼，也沒有太多的評述。武田博一夫婦深知日本貴族傳統社會的牽絆，也瞭解年輕世代對傳統家世羈絆的微妙情況，只能間接關心。他們替王威廉在自宅二樓空出一間房間，但是王威廉很客氣地表示住在旅館比較自在，也不至於干擾武田家作息太多。

武田博一在COVID-19大流行之際，從東京大學醫學院教授職務退休，擔任武田家族在東京涉谷區經營一家約二百床的社區醫院院長。武田博一引導王威廉參觀醫院時，武田順香也跟著出現，原來她是院長室的特別助理。雖然跟在父親與王威廉身邊，循規蹈矩沒上幾句話。武田博一很識相地抱歉當晚有一場重要應酬，就讓兩個年輕人相約一道晚餐。

武田博一經由他的社會網絡，替兩人預訂的米其林三星的法式西餐廳「L'Effervescence」，坐落在東京港區麻布高級住宅區。武田順香搭自家醫院的座車去旅館接王威廉，王威廉有點被這架式心驚。

武田順香會心的說：「請不要見外，這是我父親堅持的好意，不然我們也可以搭計程車就好。」

王威廉以既來之則安之的心情，搭上這輛屬於企業旗艦型的座車。

兩人入座後，因為是固定套餐，只須說明食物禁忌與選擇主菜，搭配餐酒。王威廉的日文談不上可以對話，兩人間的對話就以英文搭腔。

Wa! This is a very impressive restaurant. I haven't thought of such a restaurant is sited in such a luxurious residential community of Tokyo.（哇！這家餐廳真不可小覷，沒想到竟然是坐落在東京高級的住宅區裏。）

It's a Michelin three stars restaurant, the most impressive part is the Chef Mr. Shinobu Namae who graduated from the esteemed Keio University. It's my father's most favorite restaurant and the Chef Mr. Shinobu is a good friend of my father. That's why we have the privilege.（這是家米其林三星的餐廳，主廚申江史生還是慶應大學政治系畢業的高材生，這是我父親最喜愛的餐廳，主廚申江先生也是我父親的好朋友；也因此，我們才有這個機會在此用餐。）

I thought an izakaya will do, better and more comfortable to talk.（我以為居酒屋就可以，比較自在與方便交談。）

My father's kindness and insistence, I have no alternative than accepting his arrangements.（父親的好意與堅持，我無法改變他的主意。）

其實，從女兒武田順香從美國回來後的一舉一動，武田博一就看得出她對王威廉的好感。雖見不到兩人間的Line訊息，但是從Skype的頻繁對話，武田博一也可感覺得出兩人間的進行曲。武田由里與王威廉接觸有限，跟他母親王孝如也僅是婚前舊金山之旅的短段時間相處，這些年來也僅是十多年前與武田博一赴美南參加一場國際會議時，與王孝如母子的短暫巧遇。雖然彼此互動相處良好，也僅僅如此而已，更不可能想像兩年輕人間遠隔著太平洋能夠點燃什麼愛情火花。只是，為防萬一，武田博一不動聲色安排武田順香到院長室擔任特別助理，讓武田順香認識醫院裏許多年輕菁英醫師。

兩人用餐期間，低聲細語，看來像是熱戀中的情侶。其實對話中不外是生活中的細節與長輩的近況。武田順香問得較多的是王威廉的事業布局，以及在亞洲特別是日本與台灣的規劃。王威廉坦白回應，他的成長環境與事業發展一直都是以北美為主，直到遇見她之前，沒認真想過這個問題。

「那妳呢？」

問題一出口，王威廉就覺得相當唐突，隨即加了一句：

「抱歉，這實在不是個禮貌的問題。」

隨即加上：

「我不清楚我們兩家上兩個世代的關係，雖然看得出我母親與令尊武田院長有相同醫師與研究背景，但旁聽他們兩人間的對話都是敬語十足。由於祖母關係，母親雖有日本血統，但很少聽她提起日本的親戚，感覺上專心當個美國人的成分遠高於日本的血緣追尋，通俗的用語就是所謂identity認同的意識不高。所以，我也很少想過離開美國出外闖天下。」

武田順香聽他這樣的自白，一時沉默不語，注視他一陣子：

「說的也是，我父親雖然很喜歡美國，母親當年也表示願意一起赴美國發展，但最終還是回到東大，甚至退休後接掌家族醫療事業。他們雖然對我沒有具體的期望或安排，而且，我是他們的獨生女兒……」

王威廉從母親及日劇上，也知道日本上流社會的許多規矩，至少在醫學世家方面，瞭解招婿延續家族醫療事業的範例。兩人間的關係根本談不上未來的規劃，也只能接腔：

Ya, I can understand such an odd tradition!（喔，我能夠理解日本這種微妙的傳統！）

談到此，兩人不約而同開口想轉變話題。

武田順香先問起王孝如的近況，希望她一切健康安好。

王威廉不想讓母親的健康狀態引起太多的聯想，但是每想到母親逐漸嚴重的失智，日常生活的照護已需專人隨時陪侍，他更不敢想像如何增添一位伴侶。遂將話題轉到他自己的醫藥品物流追蹤系統，以及這次台灣行跟李嘉興父子與古寬仁見面的心得。這樣的對話與武田順香第一次到舊金山旅遊那兩星期的互動，無形中將距離拉開，已不敢想像兩人平行線的交集點。

武田順香清楚，自己雙親對她的安排，依循日本上流社會家庭的軌道，嫁入菁英豪門，無憂無慮，專心做盡職的家庭主婦；她難以想像毫無準備在美國那樣的社會落地生根，僅僅衝著對王威廉的好感，也不敢有任何奢想。只是，跟王威廉兩度短暫的相處，以及幾個月來的Skype對話，感覺上比身旁日常接觸的許多對他示好的男性都要親近。

餐後回到王威廉住的旅店已近午夜時分，王威廉握著武田順香的手：「很高興再次見到妳，我們很快後會有期。」（So nice to see you again, hope we'll see each other again soon.）

## 九、相逢不相識

自從在國貿大樓三十四樓餐廳見過王威廉後，古寬仁多年已冷卻的心境，如死灰復燃，蠢蠢欲動。他自己也想不出什麼原因，總覺得看到王威廉時，王孝如的影像栩栩如生的重現。坦白說，如果不是他右耳根後的胎記與揉耳朵的動作讓他憶起王孝如，古寬仁根本無從想像他是王孝如的兒子。時間一久，他對王孝如的記憶影像已經模糊，淡出日常的記憶之外。

COVID-19疫情流行期間，古寬仁已逐漸退出事業經營管理的版圖，讓他三個女兒分別接手金融、資訊與醫療產業板塊。五年前因突發心肌梗塞，及時挽回一條命後，他非常注意自己的體能狀況。古太太也一再叮嚀事業已陸續交班，出國旅遊可以，巡視事業版圖就免了。

見過王威廉後，一種無形的動力促使他再度躍躍欲試，重返舊金山，只為能夠再見王孝如一面，但這種心境是無法向任何人告白的。這般年紀，已不是再續前緣的年紀，但是心裡深處總還是懷念他與王孝如的一段情緣，就是想知道他一切是否安好的單純心願。

拗不過古寬仁的堅持，古太太請小女兒安排三人一道前往美國短暫的西岸之旅。古寬仁能夠做的也僅是交代小女兒請李嘉興連繫他的好友王威廉，聽到早年替她母親量身訂做衣裝的敏子阿嬤已辭世多年，不免有點悵然。不然，有機會見到敏子阿嬤的女兒王孝如醫師也很好。古太太如是盤算，雖然她並不知王孝如近年失智的狀況。

疫情過後的舊金山機場已逐漸恢復人潮，國際線的旅客還沒完全回流。王威廉在旅客出境門口，看到古寬仁夫妻與小女兒三人出關時，揮手打過招呼，正想請他們稍候，待他開車過來時，古寬仁小女兒就說不麻煩他，公司已安排接機的專車帶他們去旅館，等下就在旅館碰面即可。

歡迎古寬仁一家的洗塵晚宴，是王孝如要兒子安排的，難得近期神智較清醒時，還有點古寬仁夫妻的印象，尤其古太太是她母親敏子昔年量身縫製衣裳的主要客戶，對古寬仁好像還留著一些說不上來的微妙心情。王孝如特別要王威廉請張犁華阿姨當陪客，王威廉只知道張犁華是母親將近半世紀交情的摯友，對於母親與古寬仁之間的連結，從來沒有任何概念。

古寬仁自從心肌梗塞後的身體已大不如前，走路步履緩慢，談話、思緒也退化不少。除張犁華外，王孝如也很久一段時期沒和灣區的朋友餐敘，外觀上雖然看不出漸次退化的老年癡呆樣貌，但是相處時間一久，言談反覆來去的可能就她腦海裡深存的一些記憶。所以，古太太提到敏子阿嬤的往事時，王孝如也還能跟著回應片段。至於，面對著古寬仁時，神情上顯不出兩人間過往的親暱關係，更談不上對古寬仁與王威廉之間的任何可能連結。

倒是，張犁華這麼多年來，對古寬仁與王孝如的情緣一清二楚，也知道王威廉與古寬仁間的血緣關係。但是，她深刻理解王孝如的思緒，從來無意讓這份血緣真相大白。身為醫師的王孝如當然理解，這年頭的科技發展，隨便身體毛髮、唾液的DNA檢驗，血緣身分短時內就可分析得一清二楚。但是她就是堅持讓在單親家庭成長的王威廉，當個二代移民的美國人。他的科技專長足以有讓他在競爭激烈的美國有容身之處，也可以過得優越的生活。至於與古寬仁之間的父子情份，她則以威廉生父顧匡任在二〇一二年習近平上台後反貪清理政敵時，在獄中上吊自盡。這消息還是張犁華從《大紀元時報》上看到的，是真是假也無從證實。王孝如就是這樣告訴王威廉，等於也是讓威廉斷掉有朝一日與生父相見的心願。

餐敘過程，臨座的一位客人夫婦過來跟王孝如打招呼。王孝如還記得他是當年台大醫學系的香港僑生，只是一時記不起名字。來者自我介紹是韓國銓醫師，近期從舊金山加州大學附設醫院心臟科退休，是王孝如的學弟。彼此介紹換過名片後，寒暄幾句，韓醫師夫婦就告辭。

倒是張犁華對韓國銓的事情如數家珍：

「這個韓國銓啊，當年在台大保釣運動也是一號人物。因是大一代聯會的主席，帶頭辦座談會，結群向政府請願。大一暑假回香港省親時，被限制入境無法回台繼續就學。之後，來到美國也進入醫學院就讀，算起來比孝如低上幾年，所以你們可能不認識他。」

在座大概只有古寬仁夫婦和張犁華對一九七〇年代初期的釣魚台風波有印象，對韓國銓這號人物也是一知半解，想起二十年前古家企業集團的癌症專科醫院曾延請過一位也是台大醫學系出身的醫管專家，好像提過大學時期與韓國銓同為大一代聯會幹部之類的事情。

雖然賓客是群年過不惑之年的老人，年輕世代多少還是輪番敬酒。酒過三巡之後，張犁華話匣口一開：

「這年頭的事情還難預料，你們知道嗎？今天陪韓醫師一起用餐的這群出身香港的朋友，大都是香港德明中學的校友，說起來可以說是當年國民黨在香港的黨校。所以韓國銓當年被限制再入境，無法繼續學業，在德明校友間是一件超級震撼的事情！」

「韓醫師剛介紹他現在的太太，其實是他當年念台大時歷史系的女友。他被限制入境台灣後，轉來美國學醫，其後結婚生子，事業家庭均有成。偏偏五年前太太罹患重疾，遽然過世。子女也都學有專長，他獨自一人，過得雖然自在，但總是少了個什麼似的……」

「就是在太太過世身為鰥夫之後，他竟然在回台灣參加台大校友會餐敘時，巧遇昔年的女友，更巧的是原已結婚生子的女友，竟然也是老年喪偶，子女分別成家立業，她也是孑然一身，二人的再生緣分就是這樣發生的。」

對於古寬仁女兒而言，保釣與韓國銓的連結，有如天方夜談。對從小在美國長大、就學、就業的王威廉而言，祖父的中日婚姻、母親與親生父親的異國情緣，加上張犁華說的韓國銓醫師事蹟，也都是他難以想像的時空轉折。不經意間，看到古寬仁太太注視他的眼神良久時，突然有點覺得不自在，遂另外找話題談論灣區的現況。張犁華也聞息到這微妙的氣氛，轉個話題談中國大陸的現況，穿插上一段威廉的生父也是習大大反貪政爭的受害者，卻得到王孝如突然一句回應：「講這些都是酒後亂言，沒什麼意義，還是說說當前的生活比較實際。」

餐敘散場告別之際，王孝如母子與張犁華眼送古寬仁一家三人搭車離去。古寬仁握著王孝如的手，欲言又止，臉色有些激動，幾乎淚眼盈眶；王孝如倒是默然平淡地道：「很高興能再見到您！」母子與張犁華揮手目送古寬仁一家搭上車離去，三人一路緩步沿著鄰近的公園走回住家社區。張犁華出奇地安靜，嘆了一口氣：「世間是真的很難說，像古寬仁董事長這樣的企業風雲人物，也經不起歲月與健康的折騰。」

回程路上，王孝如很安靜，對張犁華的評述也沒回應。母子兩人回家後，王威廉向她表達他的感受，覺得古寬仁健康大不如先前他去台灣時初見的情況，而古太太對他的注視眼神，讓他有點不自在，至於古寬仁已為人母的女兒，就是陪著雙親走一趟灣區而已，沒特別評述。王孝如只回答：「是啊，世間許多事，老天早就安排好的！」

# 十、生死兩茫然

這事情過後三個月左右，台灣的電視、報紙與網路媒體就連續幾天報導古氏企業集團大家長古寬仁辭世的消息。王威廉是在《舊金山紀事報》閱讀到古寬仁的去逝報導，唯一引起他注意的是古寬仁的英文名字拼音竟然和他的父親顧匡任一模一樣。以他對華人名字有限的瞭解，英文拼音相同到不一定有何意義，也沒放在心上。

只是，王威廉在日本考察與拜會武田博一家族醫院後，突然接到張犁華阿姨的Line，要他走一趟台北，代表王孝如向古寬仁做最後的告別。

王威廉與李敏星、李家興父子醫療集團的公祭群一起入列，在捻香三鞠躬時，腦際竟然浮起母親王孝如的身影。當家屬鞠躬回禮時，王威廉注意到古寬仁太太特別注視他許久，輕輕微笑點頭致意。那樣的感覺，和先前在舊金山灣區餐敘時的神情一樣，好似理解古寬仁、王孝如與王維聯之間的微妙連結。

回到美國後不久，母親王孝如的失智日益嚴重，到最後幾乎已經不是王威廉認識的母親，每天只有很短暫的時刻，會跟他提起王威廉幼時、敏子阿嬤的景象，知道王威廉是他的兒子，其餘的事情王威廉也連串不起來。對於他參加古寬仁告別式的的事情，也沒有甚麼反應。

終究，台灣醫療體系的運作幾乎已是健保導向，王威廉的藥品追蹤系統涵蓋藥廠每批原料藥、賦形劑、製造批號、運銷系統以迄醫院、診所、藥局疾病人終端的數位追蹤，在藥品採購一切以健保藥價差優先考慮的環境下，健保不給付這項多餘的服務，李嘉興自然也尋不到商機。至於藥廠領域，很少有歐美出口導向的台資廠有興趣，幾番美台來回折騰之後，王威廉決定放棄往台灣日本等亞洲市場拓展的構想。台灣與日本逐漸淡出他的日常雷達範圍，與武田順香雖然保持著定期的 Skype 與 Line 對話，但是交集點有限，漸次疏遠也是不可避免的結果。

事情一忙，加上母親王孝如幾乎每天一定要等到他下班回家才安心入寢，雖有外傭隨侍在旁，但王威廉心理的壓力持續緊張。他也不願意安排母親到安養院，敏子阿嬤過世後，母子兩人相依為命是他唯一的懸念。張犁華阿姨是常來陪伴王孝如的長年友人，但失智日益嚴重的王孝如與張犁華之間的對話，也斷斷續續連結有限，越早年的事情好似越清楚，只是談到他的父親時，卻又像斷了線一樣，連威廉也摸不著邊。張犁華偶而對他的困惑，也只回以：「你出生下來時，生父就已經不在身旁，那是你母親的選擇。沒有記憶就是事情的本質，我很理解你母親的思慮，一路常常也是你們母子相依。三十多年來，每次談到這件事情時，孝如一再跟我表示她毫不後悔。總之，事情就是這樣，而且，你的生父也早已辭世，就不用再說了。」

王威廉唯一不解的是他自己或是生父的本籍，他對中國籍的顧匡任與台灣籍的古寬仁兩者間的連結，難免有些直覺。張犁華總是清淡的描述：「你母親有一半華人與一半日本人的血統，可是她與中國大陸間毫無關聯，台灣是她成長受教育的地方。雖然她歸化美國，讓你在認同美國的環境中成長與發展，我相信在她眼中，你是美國人，而且是台裔美國人。只是台灣對她而言，有太複雜的經緯，我也說不清。反正，我們這個世代遭逢的時局變遷，希望不會重演在你們世代上，這就是她最真摯的期望。」

王威廉每每想到與張犁華的對話，當面對著王孝如日漸削弱的體型與呆滯的眼神時，他終於瞭解母親在他成長過程中，一再告訴他「活在當下」的真正意義。至於他的身世，在多元種族熔爐的美國社會，能夠闖出一片天地，獨立自主存活，自由自在才是最重要的。心裡一想到交往近半年的女友白依純，一起陪她探視王孝如的景象，心頭無形中就輕鬆欣喜許多。

# 告別式

初稿二〇二三年八月二十日，修正定稿二〇二三年八月二十五日。小說人物、內容情節均屬虛構，如有雷同，純屬巧合。

## 一

資深媒體人前《經濟時報》鄭立民總編輯在二〇二三年五月上旬COVID-19疫情緩解後辭世，享年九十歲。鄭立民獨子二十年前、鄭總編夫人十年前先後離世，媳婦與孫輩夫婦子女三代一家六口在美國，他辭世時並無任何家眷隨伺在旁。

在醫藥科技發達與台灣醫療體系可近性高的今天，九十歲雖算高齡，但以鄭總編輯的人脈，如果有適當的醫療安排，或許還可能更高壽。親友間流傳中的主因，是因鄭老先生堅持不打COVID-19疫苗，也不忌諱疫情流行時的社交距離。他原本的豪情好客行事風格，先前幾乎未受疫情起伏的影響。按理，疫情緩解後更能恢復他的日常作息，沒料到卻是感染到流感肺炎，前後不到幾天就離開人世。

《經濟時報》發布的前總編輯鄭立民辭世訊息，簡要敘述鄭立民因病辭世，說明他在《經濟時報》任職的期間及貢獻；另一是世大生技發布的重訊，說明鄭立民董事長辭世，其持股雖超過百分之五，但遺囑中除三分之一由在美國的媳婦與孫子女繼承外，其餘則成立新世代生技製藥發展基金，信託給專業投資顧問公司管理，並支持世大生技專業經理人管理的營運模式，以基金孳息與獲利，支持年輕學者的創新研究。

根據世大生技二〇二二年股東大會的年報，鄭立民持有百分之五點四的股份，鄭立民的至交紀青宸則為主要大股東有超過三分之一股權，專業經理團隊共持有百分之三十，其餘百分之三十屬於散戶投資股東。世大生技最近二十年每年獲利穩定，始終維持在每股獲利新台幣五元的水準，歷年股息均以每股三元的股利配發。外人不知道的是，鄭立民從世大生技公開上市以來，他未曾進出一張自家股票。其實，鄭立民成為世大生技的大股東，純屬偶然，如非紀青宸的關係，他對於生技製藥僅是媒體專業的接觸與觀察，沒想過成為局內人。被紀青宸拜託承擔任世大生技的董事長更不在他的退休生涯規畫。

鄭立民的告別式是六月下旬在台北市第一殯儀館最大的景行廳舉行。由紀青宸與他的義子何益謙教授安排，兩人選擇一大早舉行家祭及公祭，主要考慮大熱天盡量避免影響前來祭悼的各界親友行程，寄發的白帖子不到五十份。前來致意告別的人士包括眾多達官顯要，是這個數字的十倍以上。來賓大都是耳語與手機簡訊相傳者居多，有頭有臉的公司行號老闆只要口頭吩咐，部屬多少知道老闆與鄭董的交情，輓聯花圈照例行事即可；倒是現場許多非屬團體公祭的人士甚多，一共也排上二、三十列。

媒體記者出身的蕭世芹是鄭立民新聞界的後輩，鄭立民在平面媒體大報擔任總編輯多年，目睹民主改革報禁開放與有線電視的興起，急流勇退，領取一筆豐厚的離職金後離開大眾傳播界。在一個偶然機緣下，投資紀青宸創立的世大生技後，靠他多年跑新聞與負責媒體版面主題的經驗，見識過多方人物。他和紀青宸商量後，從美國產業界延攬中壯世代專家，切入製藥領域。彼時，生技領域剛興起，以他與政府主管官員的熟識程度，兩人決定公司發展方向，先以小分子藥物為主，但密切注意生物藥品的發展趨勢。所以世大生技在利基性學名藥品有不錯的基礎，新興生物藥品領域也有初步的結果。

蕭世芹先前在《經濟時報》跑生技製藥這一條線已超過二十年。網路媒體興起，平面媒體逐漸沒落，報社各種待遇條件緊縮之際，蕭世芹就乾脆趁報社精簡人事時，領取優惠資遣金離職，自創網路媒體事業。蕭世芹的先生何益謙是台灣大學資訊與電機學院的教授，他國中以來的摯友林銡信是台北某一國立大學醫學院附設醫院的資深教授，也是台灣數一數二的癌症領域專家，參與過許多國際性藥廠的多國多中心新藥臨床試驗計畫，臨床經驗與林教授對生技製藥研發歷程，也是台灣少數真刀實槍、見過國際場面的學者。

世態炎涼，媒體人創業不如她原來所預估。失去財經第一大報資深記者的光環，讓她一路走來相當艱辛，只有鄭立民始終如一，沒因她離開報社創業而疏遠，還聘她為世大生技的公關顧問，也讓蕭世芹對外維持獨立網路媒體的型態。只是，鄭立民與紀青宸千交代萬交代，無須對世大生技另眼看待，期望蕭世芹務實地當個諍友，給他們市場正確的人際訊息與建言。其實，蕭世芹先生何益謙是鄭立民已故獨子鄭明澤國中的死黨，所以，鄭立民視何益謙與蕭世芹有如自己子女。透過何益謙與林銡信這層關係，這一路來，蕭世芹非常理解生技製藥圈子的牛鬼蛇神的型態，她與鄭立民還是維持著工作長官與部屬的關係，卻又有如長輩與子女的情誼。鄭立民太太還在世時，鄭董夫婦兩人常喜歡約她夫妻倆喝聊天，談些產業人情世故的瑣碎。

蕭世芹印象最深的是鄭立民在世時，曾經對台灣生技製藥領域人士分為三大類：天行者、路跑者與象牙塔學者；天行者指的是參與或負責科技決策的官員與學界意見領袖，這些人可能道行高深、騰雲駕霧，能夠高瞻遠矚，也可能因高居廟堂，不食人間煙火；路跑者指的是生技製藥產業兢兢業業的經營者，其中當然不乏跑短線的機會主義者。路跑者燒香拜佛，燒的香不外是政府研發經費的補助款或是股民散戶口袋資金；拜的佛則是聽高調倡議發展生技製藥政策的天行者念經。至於象牙塔裡的學者，鄭立民又將其分為不食人間煙火的學者與汲汲營營入世的學者，前者為論文發表而研究，在意的是期刊論文的影響指數，頂尖學術期刊如《自然》、《刺胳針》、《新英格蘭醫學期刊》等是他們努力的目標，生技製藥發展與我無關；汲汲營營入世的學者則是積極發展產、學、研關係，爭取研究資源，希望主導生技新創公司，他們在意的是研究計畫的經費，尤其是計畫主持人的津貼。

蕭世芹原來當記者時的人脈，加上何益謙與林鋕信兩人三十年以上的交誼，使她對台灣生技製藥界的產、官、學、研界各號人物，均有近距離的觀察，與資本市場上吹風起浪的商或炒手，也保持一定的互動關係。蕭世芹非常認同鄭立民這樣的分類模式。所以，每次採訪相關新聞時，她常不自覺的先將受訪者歸類，再進行訪談事項。撰寫採訪稿時，雖然盡量維持媒體應有的客觀中立，但是受訪者的價值觀無疑影響她的撰稿論述方向。

告別訃聞寄送名單是紀青宸與何益謙請蕭世芹按照鄭立民生前的意思所擬定的，以親戚與舊屬為主，達官顯要與企業巨頭都省略避免相擾。

告別式現場，蕭世芹與何益謙坐在第一排，紀青宸坐在其旁邊，鄭立民從美國趕回來的媳婦與孫輩夫婦子女三代，一家六口。何益謙不時起身在告別式場所前前後後，協助打點許多自動前來向鄭立民致意的人士。在這短暫的鄭立民告別式過程，蕭世芹不禁反復想起鄭總編輯的天行者、路跑者與象牙塔學者的歸類，一一審視前來告別的這些人士。

## 二

家祭不到十分鐘就結束。除鄭立民媳婦與孫輩子女六人外，他的兄弟姊妹碩果僅存者有限，姪子外甥等晚輩也有十來人。

家祭完畢後，公祭單位主祭者先是政府中央部會各級長官，從立法院院長、行政院副院長到相關部會首長一一行禮如儀。這類人物大都屬於天行者群落，大部分是鄭立民擔任《經濟時報》總編輯時認識的人士，蕭世芹從旁檢視這些大官政治人物群，雖然不乏與鄭董事長有公誼者，但私交方面頂多是淡如水者居多。鄭總編輯的新聞界歷練，深知從政人物對新聞媒體的觀點，刻意保持適當距離，也很少以世大生技的董事長身分出席公眾場合。

因為鄭立民離開媒體界後，轉進生技製藥界，如還有保持互動的官場人物，以生技製藥產業經濟決策者居多。鄭立民深知台灣淺碟型的經濟，內銷市場導向的生技製藥產業很少在決策者的天平上有審酌的空間。所以他很少評述政府推動的發展生技製藥產業政策，本質上占健保藥費支出三分之二的國際性大藥廠，因有品牌與智財權的保護，加上美國對台灣的重要性，台灣的藥品市場其實如同殖民地。從政府決策官員、各大醫學中心與臨床意見領袖，莫不以原廠牌藥品為尊，為首是瞻。健保開辦以來，國產學名藥品的金額市占率節節下降，不及四分之一，對政府高層吶喊發展台灣生技製藥產業的口號，是一個明顯的諷刺。這些天行者，騰雲駕霧，高瞻遠矚或不食人間煙火，對於發展生技製藥產業的口號雖然喊得很響，在台美貿易談判的壓力下，實質作為相對有限。

倒是衛生福利部中央健康保險署的長官主祭，引起蕭世芹的注意。這位健保署官員曾碰到立委無理要求出面向國際性藥廠爭取增加其太太優惠退職金基數的窘境，因其與何益謙教授國中同窗，遂託蕭世芹委婉轉達實有其難，無能為力。蕭世芹也知道這位立委質詢時得理不饒人，審核預算堅持刪減時也是極硬，同黨立委都不易協調。偏巧，蕭世芹接電話時，剛好就在鄭董事長辦公室商量事情，她雖然走到辦公室窗邊低聲回答，鄭董看她臉上神情，自然關心有甚麼事情：

「怎麼回事？有我可以幫忙的地方嗎？」

「倒不是多大的事情，但也不能算是芝麻蒜皮的小事。我先生健保署的老同學請我幫忙向某位立委轉達其所請託事情實有困難，請立委諒解。」

「方便說來讓我聽聽嗎？」

蕭世芹將事情經緯說明，並強調該立委所要求者非公領域事情，與該藥廠全體員工資遣年資計算與優惠無關，僅要求提高其夫人部分的優惠年資基數兩倍，健保署官員委請老友何益謙教授擔任記者出身的蕭世芹代為說項，請其體諒公僕難為，無從協助逾矩情事。

「喔！我瞭解了，請你跟何教授回覆，這件事我會妥善處理，不要擔心。」

這事情過了一陣子，有一回蕭世芹陪鄭董事長出席一項官方召開的會議，剛巧何益謙教授的老同學健保署官員擔任主講者，說明中央健康保險署的藥價管控措施。老公的同學趁茶點休息時間，拉著蕭世芹向鄭董表示謝意，一時間，鄭董還弄不清楚是那一件事情，經蕭世芹一點，他有點恍然大悟：

「您不用謝我，這件事情與您無關。我從何益謙教授知道這件事情，我請老友紀青宸瞭解，他有他解決事情的方式。我只是轉達何教授的意見，也有我的管道，跟您一點關係都沒有，您不用謝我！」

於公於私，這位中央健康保險署的長官都有向鄭總編輯最後致意的立場。

接下來就是幾個藥界公協會團體的公祭，所有的理事長都親自領隊蒞臨，蕭世芹看到各公協會理監事出席人數倒是蠻整齊的。其實，鄭董未曾在藥界公協會擔任理監事職務，只因他出身媒體界的關係，遇到有關於國產製藥議題論述的媒體報導，國資藥廠比不過人脈與資源眾多的國際性藥廠，公協會通常都會徵詢鄭董的意見，並借重他的人脈資源，爭取媒體平衡報導。公協會的理事長群，在鄭立民的歸類上，就是屬於路跑者，絕大部分是老闆級的人物，但因產業規模多是在年營收十億以下的公司，以內銷健保市場為主，經營起來也是蠻辛苦的。少數年營業額在新台幣五十億元至一百億元的公司，對於公協會的參與不是很積極，努力經營自己的本業。蕭世芹有一次半開玩笑向鄭立民說，還好是努力經營的路跑者，不是跑路者。

如果不是老公何益謙在健保署高層老同學的蒞臨代表健保署主祭，又碰上稍後某位立委也在某個公祭團體對上，這位現任在野黨的立委，帶著他的太太一起捻香致意，蕭世芹的感受不至於這麼深刻。看到這對夫妻，蕭世芹又回憶起當年的往事。委座夫人任職於一家國際性藥廠台灣分公司擔任中階主管，該公司淡水工廠精簡生產人事，將廠房讓給國內數一數二的資訊電子公司。這家國際性藥廠台灣分公司按勞基法規定年資基數加上十結算，按理已算優厚。沒料到有一天，中央健保署長官聯繫蕭世芹，希望她婉轉說明該委座所請實在難以著手從旁協助。原來該立委約見中央健保署官員，以該署主管健保藥價核定與調整，交代該官員向國際性藥廠分公司負責人要求，其太座的退休年資基數要比旁人優厚，計算年資後增加之基數為二十。

這位立委大人與其老婆，原來在只是同樣蒞臨致祭的兩位也算是公眾人物，蕭世芹無從推測他們的心境，代表主祭官員可能於公於私都有所表態，於公是例行公事，於私可能是對鄭董解決其困難而不居其功的敬意；至於身為立委的這位，充其量也是民意代表跑龍套的定番行程而已。

# 三

蕭世芹老公何益謙與林銩信教授分別代表國立台灣大學與台大醫學院公祭，他印象中老公與生技製藥界不算熟，可是鄭董事長對於捐助台大每年辦理大學生物醫學夏令營的活動，始終持續不斷。公祭團體成員中，蕭世芹注意到另外一位醫學界資深大老陳教授，是當過國立大學校務高階主管的天行者。蕭世芹不禁想起他擔任公立醫學中心院長時的時光，以國際性原廠為尊，即使原廠專利期滿也不例外，這家醫院是採用國產學名藥品比率最低的公立醫學中心，沒想到他退休後與生技產業發生連結：二〇一六年是台灣生技製藥資本市場第一波浪潮，拜浩鼎生技乳癌疫苗、基亞生技肝癌新藥三期臨床試驗結果解碼之賜，台灣新興生技公司資本市場亂流四竄，陳教授因擔任生策會顧問的關係，有機會獲邀以每股新台幣二十元認股一家未上市生技公司的股票一百張，未料到搭著那波生技資本市場浪潮，在半年不到該公司登上興櫃時，以均價新台幣一百二十元出場。

蕭世芹知道這件事，完全是因為這位醫界大老在一次拜會鄭立民晤談中，自爆這段意外之財的始末。蕭世芹眼中的陳教授是典型的象牙塔醫師，浸淫於臨床執業與學術研究，擔任過的職務都算是權力與資源豐富的位置，但是從他的自白過程，說明他對資本市場的脈絡與運作，並無基本的認識。所以在短短半年內，因緣際會獲利千萬元，幾乎是他當年薪資的二、三倍，難怪他會向鄭董事長做這一段告白。鄭立民對陳教授的評述是：「這位醫界資深大老曾經權冠一時，風光十足，但從財務經濟面觀之，他並未從所擔任的職務擷取不當之財，所以才會驚豔短短半年獲利千萬的股市歷程。」鄭立民的結論是陳教授終究是一位學者、君子，雖難免汲汲競取權位，但還算務實職守，也是一位典型的天行者。

代表學界公祭團體的中部某公立大學，蕭世芹注意到另一位很久未見面的巫教授，白髮小平頭，穿著簡單素樸。巫教授是世大生技將近三十年來產、學、研合作的夥伴，五年前因對世大生技委託研究計畫的追蹤管理有異見而分道揚鑣，在鄭立民的歸類上屬於積極入世的象牙塔學者。事實是鄭立民基於對傳統中醫藥的信念，從三十年前每年以三百萬元支持巫教授的植物新藥開發研究未嘗中斷。植物新藥的研發，相較於小分子化學新藥的研發難度，只有過之而無不及。台灣植物新藥的研發走傳統路線，以分離出可能有效抽提物（extract fraction）為主，通常涵蓋幾種不同分子量成分，以植物抽提成分開發新藥，不僅其作用機制可能未明，連有效成分都可能難以斷定，本質上是複方植物抽提成分，單一植物來源如此，複方植物來源更是複雜。

新藥研發的最大困難在於研究期程長。首先須建立臨床前動物毒理安全療效資料，而且須經主管機關審查同意才能進行人體臨床試驗。世大生技將近三十年持續支持巫教授的植物新藥研究計畫，在台灣生技製藥界也是少見的例子，巫教授每年也照例撰寫一份研究成果報告，十多年前也有兩件篩選藥品開始進入人體臨床試驗階段。從美國延攬會來的陳安邦博士到職後，建議鄭立民對於委託學界計畫邀請專家學者建立定期追蹤審核制度，年度計畫設定主要表現指標（Key Performance Indicator）及預訂發展期程。這樣的規畫招致巫教授強烈的反彈，他堅持以二十年來的計畫執行為常態，由他自訂主要表現指標。

鄭立民起初也尊重巫教授的意見，直到同仁反映巫教授在五股工業園區設有校外實驗室，並成立公司經營健康食品，產品標的來源與世大生技委託的研究計畫為同一植物種屬。經鄭立民請人明查暗訪，證實巫教授私營健康食品公司的事實，鄭董事長才改變意念，支持陳安邦的對委託研究計畫管理追蹤的建議。如此一來，巫教授與世大生技的關係開始轉變，對於有爭議的研發成果專利與智慧財產權的歸屬，亦有爭迭。五年前，鄭立民決定中止與巫教授三十多年來的產學合作關係，一是先前已進行到人體試驗二期的臨床試驗，也因試驗結果不如預期，未達主要療效指標；再者，巫教授堅持次要療效指標有部分達標，極力主張繼續探索，只是雙方互信程度已經出現巨大缺口。鄭立民徵詢專家學者顧問群的意見後，決定斬斷這一條亂麻。

這是五年來，蕭世芹第一次再見到巫教授，雖從媒體後輩聽說巫教授健康食品事業的發展，產、學、研合作的模式繼續存在。推想巫教授還是可以說服他人，繼續他的合作模式與事業。他隱身在學界團體公祭中，一身裝扮符合他的學者身分。蕭世芹記起雙方分手後，鄭立民對停止這三十年來研究合作關係的評述：「任何事業，承擔失敗的風險是必然的，產學合作開發新藥，不論是植物新藥或是小分子化學新藥成分也是如此。企業承擔的風險是資金的投入甚至失敗，研究學者則是時間的流失。如果斤斤計較計畫主持費用的多寡，其與新藥開發成功，商品化上市銷售的潛在利益相較，計畫主持費其實微不足道。如果巫教授無意承擔計畫失敗的風險，而汲汲計較短期內健康食品的營運，再多年的支持也是枉然。」

# 四

政府官員、民意代表與公協會團體公祭後，第一個公祭的公司行號是青臻電子公司，由董事長紀青宸親自主祭。來賓間瞬間颳起一陣風，眾說紛紜。紀青宸在生技製藥界的名聲，遠大於他在電子界的聲明。他的資訊電子的事業年營業額只有二十億左右，不僅未公開發行，除員工擁有部份股權外，幾乎是獨資。但是，生技業者都聽說過德國一家新興基因治療生技公司的最大個人股東就是紀青宸。兩者之間的連結，符合諺語所稱：「有心開花花不開，無心插柳柳成蔭。」

紀青宸的資訊電子事業起步於代理德國胡桃木公司的鍵盤零件，他白手起家，在智慧型手機普遍前，在電子業筆記型電腦領域是一個分量不重但鍵盤必備的零件，小本經營也還算順利。他與蕭世芹老公何益謙是建中的死黨，考進地質系畢業後，做起貿易的生意，在台灣筆電代工領域，卡到一個利基位置，逐漸成為這家德國鍵盤零件電子公司的亞洲總代理。二〇〇九年金融危機時，德國胡桃木電子公司發生資金流通問題，求助於紀青宸，紀青宸自己小本經營，流動資金有限，偶然機會下經老友何益謙介紹認識鄭立民董事長，鄭立民董事長二話不說：「這樣罷，你和益謙是老同學，他既然信得過你，那我們平均風險分攤，各負責一半。」一話這麼說，兩人分攤，各二百萬美金在當時也不是一筆小數字。因此機緣，後來胡桃木電子公司營運改善，二〇一五年在德國上市時，兩人竟然同時成為這家上市電子公司的最大個人股東。

鄭立民不久就伺機出場，轉向他較熟悉的製藥領域，投資當時名不見經傳的一家生技公司DNT。紀青宸的事情蒸蒸日上，他沒出脫胡桃股木票，倒是跟著鄭立民董事長投資DNT，兩人在DNT的股數雖然不高，只有百分之三不到，但是在COVID-19大流行時，DNT是少數開發出檢驗試劑套組與疫苗的公司，使得DNT短期內成為炙手可熱的生技公司，加上國際性大藥廠的加碼，使DNT公司短期內市值增加到五百億美金以上，鄭立民與紀青臻是最大的獲益者。兩人當初共同投入的五百萬美金，在台灣生技製藥界以及電子界，擁有這般財務投資能力者多如過江之鯉，卻沒有人有他們兩人的眼光，在台灣生技製藥界因此廣為流傳。

紀青宸的正式全套西裝加上領帶，是他公開場所少見的裝扮。紀青宸原是幾乎不拘世俗扮相的造型，牛仔褲加上T衫，腳上的運動鞋是他的標準造型。因為自家公司不上市，所以沒有人會以為意，只有一次陪著德國胡桃木電子公司拜會國內筆電代工電子五哥公司時，差點因為扮相不宜而被擋阻在門外。

## 五

公祭儀式結束後，司儀依慣例請其他尚未捻香致祭的來賓依次列陣，行禮致意。一位已不良於行的稀疏白髮長者，拄著拐杖，深深向鄭立民遺照行三鞠躬禮，離開前還特地趨前向紀青辰耳語致意，臨去時與蕭世芹緊緊握手，她仍可見到這位曾經是執政黨創黨時的風雲人物的淚眼與感念之情。

鄭總編輯與這位已淡出政壇的施先生間的交情，從解嚴之前、民主改革到美麗島大審受刑人特赦，持續許多年。那個年代，民智雖開，但戒嚴威權的陰影仍在，支持反對黨的人大都低調透過私人管道提供資源。二〇〇四年政治獻金法立法前，多半利用後候選人公職競選期間，趁選舉造勢演講時，大把大把投入捐獻箱，多半根本沒考慮捐收據的事情。

鄭總編輯於一九九〇年代初期世大生技創業前，任職於台灣主要平面媒體擔任總編輯。涉及美麗島大審的人士，不少是他任職媒體屆時就交往的對象。鄭總來往政治人士中，蕭世芹對施先生印象最深刻。

鄭總最常和她提到的名言是：「要當先知，就要忍得住寂寞。」涉獵政治的人物，很少能夠理解「囂張難比落魄久」的道理。美麗島事件大審與民進黨創黨過程，施先生的論述，以當今的言論尺寸來看，一點都不稀奇，但倒帶回四十年前則是先知之論。只是民主開放、民智已開之後，他的名士派作風與不時驚人之論如金馬撤軍等，激不起呼應的浪潮。他所提倡的朝野大和解也是民主台灣必須經歷的過程，但是在朝在野者各有各的盤算，最出名的話就是：「選都選贏了，你還要怎麼樣！」

蕭世芹很清楚鄭總編輯的處事態度與政治認同，也很瞭解鄭董做生意的哲學，與人為善。但是觸及他的紅線禁忌時，他也僅是笑一笑，口不出惡言，劃清界線後保持安全距離。他看盡國民黨高層的內鬥，也經歷民進黨創黨元老間的爭執，阿扁的起伏以及總統民選以來的政黨競爭，但很少公開評述。

印象比較深的是出現在個人祭弔群中的另一位髮際稀疏、幾近光頭的老年人，七十出頭年紀，布衣白鞋，但歲月在他身上留下的痕跡異常明顯。臉上的皮膚與皺紋遠超過他的年紀。八九天安門事件後，鄧小平南巡，他的名言「管他白貓黑貓，能抓老鼠的就是好貓」開啟中國大陸二十年快速經濟展，將澱積四十年的社會與政治動力集中在經濟發展上。這位李總經理是追尋這批中國經濟發展浪潮的台灣製藥人士之一。

當時中國大陸藥品審批制度還在啟蒙階段，台灣實施多年的優良藥品製造標準，使得台灣藥品品管與製造標準遠超出當時中國藥廠的水平。但是，中國大陸的審批制度仍在開化初期，極端排外，對於台灣藥品審批許可也只開放逐批審查進口的窄門。李總經理費盡苦心，爭取到一件審批文件，每年出口到大陸高達數千萬瓶的糖漿製劑。只是，好景不常，不久就面臨有心人覬覦，先是說動經銷商延遲付款，後則動作頻頻，要求參與運銷分潤。中小企業型態的台灣藥廠，經不起如此一拖再拖，財務發生困難。鄭董事長事業初創不久，資金有限，但也施出援手慷慨借新台幣五百萬元讓李總經理週轉。事情最後的結局是李總經理事業垮台，這筆週轉資金也如石沉大海。鄭董事長倒是不以為意，蕭世芹只聽他評述：「他已經盡力了，過不在他。」按鄭董事長的歸類，李總經理是一位兢兢業業的路跑者，卻因計畫趕不上變化，從辛勤的路跑者淪為跑路者。

# 六

相對於這位布衣李總經理，公祭單位另有一派頭十足的同業晶基生醫董事長魯大明帶頭的團隊約二十人，魯董事長畢恭畢敬的捻香致弔，看起來公司的主要幹部都奉命陪同出席。

魯大明出現在這樣的場合，蕭世芹一點也不見怪，算起來鄭董事長是魯大明事業發展的貴人，魯大明公司賣得最好的保健食品敏漾寶的菌種與技術來源，是透過鄭董事長在日本學界的網絡取得的。魯大明在媒體界比鄭董事長晚一個半世代，魯大明才初進報社跑財經新聞時，鄭立民已是報界高階主管時，但他因為懂得察言觀色，很快就建立良好的財經產業關係，不到幾年就離開報社，專攻商機媒合的領域。魯大明最出名的經歷是在紡織品外銷仍有出口配額管制的年代，他居間媒合紡織品配額交易，建立他事業發展的經濟基礎。

魯大明是資本市場的操盤高手，他的晶基生醫在生技製藥上市公司屬於資本額前十大的公司，雖然營收一直尚未轉虧為盈，股價市值始終維持在相對高檔。公司的對外通訊，對於投資人關切的議題，公司網站上的訊息中規中矩，內行人還看得出一點機竅，外行人則向看熱鬧一樣。晶基先前一項授權歐洲大廠的新藥，臨床試驗結果主要療效指標未達標、部分次要療效指標達標的通訊輕描淡寫，推給授權歐洲的大廠做後續的規劃。蕭世芹意外的是，這樣的訊息揭露隔天，晶基生醫竟然也可以漲上半個停板。同樣的類似訊息發生在世大生技的植物性新藥臨床試驗結果，卻是苦吞兩個跌停板。

鄭董對這樣的事情，倒是看得很淡。蕭世芹清楚記得，鄭董對自家股票下跌的情況，僅僅引二十年前股神華倫巴菲特受訪時的名言：「當退潮時，才知道誰在裸泳。」

看著公祭團體一一排列致弔，蕭世芹從旁逐一回憶這些團體頭頭與鄭董事長的來往歷程與交情。台灣藥界市場規模不大，一年健保藥費總值在新台幣二千多億出頭，但是卻有所謂八大藥業公協會，分為國資、代理商與國際研發藥廠分公司；國產公協會又分為傳統製藥工業同業公會、製藥發展協會、學名藥協會與研發製藥協會，擔任過其中一次理事長連任後，慣例就輪流繼續擔任其他公協會理事長。理事長的功能不大，但是名片上的抬頭，對其與政府主管部門或醫療院所客戶的互動，具有加乘的效果。國際性大藥廠的研發製造協會IRPMA是唯一的例外，可能因為外商總經理有任期及輪調制度，三年一任，頂多六年，所以代表國際性藥廠的IRPMA秘書長功能較大，打著國際性藥廠協會的旗幟，背後有美國在台協會撐腰，連政府主管機關也對他們客氣三分。鄭董事長三十年來一再婉拒邀請出任這些藥業公協會的理事長。當大家都知道他無意出頭時，反而遇有重大議題事件，一定向他請益因應之道。蕭世芹在鄭董事長對公協會的互動上，深切體會「無欲則剛」的道理。

# 七

告別式接近結束時，司儀宣布如有單位或親朋好友尚未上香致祭者，請排隊上前致意。

就在鄭董事長告別式接近尾聲之際，何益謙遠遠看到離告別式大廳不遠處，有一對年邁白髮老夫婦下計程車，兩人還拉著簡便的手提行李。何益謙一眼就認出是已退休回美國多年的陳安邦博士夫婦，連忙上去招呼他們。兩人其實剛從桃園機場搭計程車趕來，美國東岸飛台灣班機通常是在台灣大清晨時間抵達。陳安邦向何益謙說明無論如何，他們夫婦一定要趕來送鄭董事長最後一程。兩人在鄭董事長遺照靈前，不顧雙腳彎曲困難，跟著司儀口令行三跪大禮，這是他特別要求何益謙交代司儀的安排。陳安邦抬起頭時，已是淚流滿襟。

因為陳安邦已從世大生技退休將近十年，現在的公司資深幹部少數還記得世大生技創立初期，是靠著陳安邦的製劑研發專長，打進美國藥品市場。不過瞭解台灣學名藥品市場的資深同業，都聽說過陳安邦在替世大生技時打開台灣製藥界進入美國學名藥品ＰＩＶ市場的先例*。對於這一點何益謙與蕭世芹兩人倒是記憶猶新。

世大生技的成名作是在二〇〇一年其長效學名藥挑戰美國一家原廠心臟血管新藥專利成功，獲得與原廠一百八十天共享市場獨占的權利。當年原廠在美國這一項專利新藥的年營業額高達七億五千萬美金，市占率百分之七十以上。世大生技的ＰＩＶ學名藥品如果找到經銷商銷售，獲利空間極大。不過，當時鄭董事長對美國藥品市場通路不熟，正在百思適當營運模式之際，原廠提出協商要求，如果世大生技願意延緩該學名藥品上市，等九個月後原廠專利期滿，再行銷售競爭，則原廠願意給予每一季兩千五百萬美金的補償。這對當時的台灣藥廠而言，簡直是一筆天外掉下來的巨額錢財，超過新台幣三十億元，比當年多數國資藥廠的年營業額度都高出許多。考慮世大生技創立初期並未建設生產線，僅以研發為主、委託代工的模式，行銷通路也尚未建構完成，雖然這樣的安排不符鄭董事長創立藥業的初衷，但為

---

* 註釋：美國聯邦食品藥物管理法有關學名藥品申請上市許可時，與藥品原廠專利有關的條款列於該法第505條，分為505 (b)(2) Paragraph I~505(b)(2) Paragraph IV四款，前三者規範無專利侵權、專利期滿或專利雖未逾期但學名藥品將於專利期滿獲准後上市，505(b)(2) IV則是指挑戰原廠所列的專利無效或學名藥品未侵權的狀況而言，產業界一般ＰＩＶ（Paragraph IV的簡稱）。

公司長遠發展，遂決定接受原廠提出的協商。＊

這個案例當年還驚動的美國的公平交易委員會，介入調查此項交易是否違犯公平競爭的規範，但因前無此例，且《哈區—魏斯曼法案》並未規範第一家學名藥廠取的ANDA上市許可獨佔權的一百八十天，沒有上市銷售的行為之限制，世大生技因此一戰成名。其產品開發主要功臣就是陳安邦博士，高董事長慨然給與陳安邦百分之十的獎勵金，這數額幾乎是與陳安邦博士在美國生技製藥界二十年經歷的薪資十倍以上。何益謙深知高董事長對陳安邦博士大手筆獎勵對他的意義，所以，陳安邦退休多年後，夫婦從美國回台做最後敬禮，良有以也。

陳安邦博士對世大生技的貢獻，不僅是連續幾件台灣本土藥廠首開《哈區—魏斯曼法案》的PIV案例，他傾囊相授，替世大生技培育一群專精製劑研發的中青代菁英，直到他退休返美。另外一件出名的案例是二〇一五年治療憂鬱症及治療尼古丁依賴性，作為戒煙之輔助的Bupropion長效製劑。此時，美國《哈區—魏斯曼法案》以及食品藥物管理局對於PIV學名藥的管理已漸趨嚴格，限制核准後未及時上市的條款，避免學名藥廠與原廠共謀降低市場價格競爭的即時性。但是這件ＡＮＤＡ申請時效的關鍵，在於世大生技ＡＮＤＡ送件時，僅比其潛在競爭對手早二天。原來世大生技大致準備好所有ＡＮＤＡ送件資料，僅剩下藥品安定性加速試驗六個月的最後兩天數據，陳安邦博士親自帶隊，進駐美國Bethesda FDA總部旁的旅館，在星期五下班前收到台灣總公司送達的最後兩天數據後，檢視過全部ＡＮＤＡ申請資料送件。這也是後續的藥品專業市場報導指出，當各方矚目誰可能搶先遞進這件Bupropion長效劑型新藥的ＡＮＤＡ時，意外竟是來自台灣的世大生技搶得前茅，世大生技申請ＡＮＤＡ的效率因此名聲大噪。

＊註釋：美國在一九八四年雷根政府時期通過鼓勵創新與藥品價格競爭的法案，該法案名稱為《哈區—魏斯曼法案》（Hatch-Waxman Act），其全銜為「藥品價格競爭與專利期間復權法案」（Drug Price Competition and Patent Term Restoration Act of 1984），主要精隨在於給予新藥專利上市許可過程中折損的有限專利期間最多五年的復權以及降低學名藥品上市許可的門檻，鼓勵市常價格競爭。學名藥毋須重複進行原廠新藥上市許可申請（New Drug Application，簡稱ＮＤＡ）的臨床試驗，改以簡易新藥上市許可申請（Abbreviated New Drug Application，簡稱ＡＮＤＡ）代之，其內容包括鼓勵學名藥廠對原廠新藥上市許可申請時所呈現的專利項目／內涵的有效性，如能舉證其ＡＮＤＡ申請，未設其專利侵權或舉證原廠所列專利無效者，第一家獲准學名藥廠可獲的一百八十天與原廠共享市場獨佔權。

# 八

其實，蕭世芹這麼多年，很清楚鄭立民的事業也不是一帆風順。在延攬陳安邦博士之前，也吃過許多虧與苦頭，都是在他的海量氣度下化解。晶基生醫董事長魯大明雖然對鄭立民畢恭畢敬，但是世大生技就曾有一件產學研合作的利基長效學名藥的開發，在委託學研界開發與委託晶基生醫製造，向美國FDA申請上市許可審查，發生被美國FDA退件的事件。兩者間互相推諉是對方之過，一說是對方試驗方法錯誤、實驗數據欠詳，一說是對方製造品管數據不實等等。使得耗資數千萬元的新產品研發投資泡湯認損，血本無歸。與巫教授產、學、研合作開發的植物來源新藥之臨床試驗結果不如預期，股價連跌停板兩天的事件，他有都親身經歷過。

鄭董事長很快從這失敗事件學習，他從美國邀請陳安邦博士坐鎮研發部門以後，就確立新產品研發的三大原則：

一、從學研界引進的技術平台或新產品，一定先進行承接案件的確效（專業上稱為

validation）。無論法人學界或是研究機構的新產品、技術開發都是探討性的研究，不盡然符合主管機關管理法規所訂定的數據準則。所以，他指示所有引進的技術或產品，一定要經公司研發部門確認（validate）其數據的可靠性。

二、學界或是研究機構的新產品、技術開發，受計畫期程的限制，與產業科技最新的發展，至少有三到五年的落差。因此，除確效之外，他要公司研發部門檢視所引進的技術／產品與最新科技進展及潛在競爭對手的差距。

三、雖然世大生技的營運模式採研發為主，但是研究（Research）與發展（Development）並重，而非採台灣生技產業領域常見的無研究專注發展（No Research, Development Only，簡稱ＮＲＤＯ模式）。

世大生技在鄭立民創業初期前十年的經驗，決定以505(b)(2)新藥與利基學名藥品為發展主軸*，在延攬到陳安邦博士後，研發團隊漸次成形，才有最近二十年發展出來的規模。

* 註釋：美國因為市場潛能巨大，而且管理法規透明，吸引世界各國菁英試圖進入美國市場。新藥研發領域通常可分為505(b)(1)新藥、505(b)(2)新藥與學名藥品（ＡＮＤＡ）。505(b)(1)新藥是原創性新藥，無前例可循，要驗證其藥品之毒

尤其二〇〇一年心臟血管新藥突破原廠專利取得PIV180天與原廠分享市場獨佔權的案例之後，世大生技藉著與原廠協商延緩該學名藥品在美國上市而獲得七千五百萬美金補償之後，鄭立民在研發方面極力投資，無論是從學研法人機構引進新藥或自行研發，使得世大生技很快站穩腳步，成為台灣出口到美國市場的主力公司。

蕭世芹的採訪經驗，練就她一身觀察台灣生技製藥新創公司虛實的能力，對於NRDO的營運模式，光是瞭解公司核心實驗室的規模就可以一目了然。台灣上市櫃生技製藥公司，除早期創立的學名藥廠外，近二十年新創者幾乎都是無研究專注發展的模式。在淺碟式的台灣市場，大部分上市櫃生技製藥公司的系列開發產品多是一、二件，從學界或法人研究機構授權或技術引進，往往未經鄭立民建立的三大原則進行確效與落差分析兩大步驟，就急忙規劃進入人體臨床試驗階段。殊不知人體臨床試驗成本昂貴，有如學武術基本功尚未扎實，就試圖以花拳秀腿闖江湖。

# 九

蕭世芹曾向鄭董事長提案，為他自己的媒體生涯或世大生技留下一段回憶錄或發展史，卻被鄭董事長一再婉拒。鄭立民很清楚，見多識廣後，許多人物都還是有頭有臉的人物，只褒不貶的敘事不是他的風格，直口評述一定會引起不必要的誤解。反正，人在做天在看。有朋友問到他是否相信輪迴，並舉一位轉了七世的女孩，投胎後還記得前七世的語言為例，鄭董事長也僅淡淡回答：「活在當下，凡事問心無愧，佛在我心中，毋須煩惱來世。」

世大生技人員離職流動率甚低，主要原因當然是因員工待遇福利佳，獲利分紅與股票紅利都在同業之上。所以，公祭結束後的個人悼祭，排上長長一串已退休的同仁，有的更是攜家帶眷，白髮蒼蒼兩代一起者也不少。蕭世芹一一眼見這些同事前來向鄭董事長做最後敬

---

理、安全與有效性，通常每成功一件新藥案件，往往耗以十年以上期程及十億美金以上投資。505(b)(2) 新藥則是指老藥新用，已核准藥品的新劑型、新適應症或新使用途徑，因無需重新驗證藥品的毒理、安全與療效等，僅需檢附所宣稱新劑型、新適應症或新使用途徑相關資料，平均每件耗時三到五年，投資幾千萬美元到一、二億美元不等。至於學名藥品或需等原廠專利期滿或挑戰原廠專利的有效性，以技術難度較高的利基學名藥品為國際間競相開發的標的。

意，想起很多是她親身經歷過的往事，眼眶又紅起來。世大生技員工無論是生病住院、生產或流產，公司人事部門都會以鄭董事長名義送上慰問盆花，光從這一點就可知鄭董事長照顧員工的殷意。退休的司機老王和他太太帶著剛進世大生技的兒子一家人、擔任車庫管理員的小李夫妻、負責清掃實驗室的阿美等等，鄭董事長關心的不僅是負責研發的技術人員，連一般工友、司機他都盡心對待。

整個告別式時間不長，大體火化之後，時間離中午時間還有一個多小時。何益謙、蕭世芹與紀青宸陪著鄭立民從美國回台奔喪的媳婦子女三代一家六口從淡水河口搭船出海，將骨灰撒在台灣北端金山外海。這是鄭董事長最後的交待，十年前鄭董事長太太離世後，也是如此處理。

對者淡水河口夕陽餘暉的天際，蕭世芹彷彿看到鄭立民在天邊，向她微笑招手。她覺得這一天，雖然說是告別式，感覺上時間不長，卻又好像重新經歷過與鄭董事長相處的三十年歲月。

# 談阿道斯・赫胥黎

本文完稿於民國六十二年四月二十三日，最初發表於《臺大藥刊》第十期（國立臺灣大學藥學會發行，中華民國六十二年六月出版）

## 一、家世與生平

阿道斯・赫胥黎（Aldous Huxley）是我們這時代眾多作家中，最博學，詼諧與銳利的一位。他的文學造詣、科學修養、哲學歷程，以及對人類深切的關懷，遠非一般作家所能比擬。

赫胥黎來自兩個顯赫的家族，他的祖父湯默斯・赫胥黎（Thomas H. Huxley）是十九世紀著名的達爾文主義派的生物學家，其父親李奧納・赫胥黎（Leonard Huxley）為頗具聲望的散文作家與評論家。赫胥黎的母親朱麗亞・阿諾德（Julia Arnold）亦出身名門，是十九世紀名詩人與批評家馬修・阿諾德（Mathew Arnold）的姪女。長兄朱利安（Julian Huxley）是當代著名的生物學家和人文主義者。我們可以說，赫胥黎的血脈中生來就秉賦著科學與文學的氣質。

赫胥黎原計劃從事生物學研究工作，但就讀伊頓公學（Eton College）時，由於角膜炎之故，近乎失明達數年之久。顯微鏡在那時候的生物學上，佔著極重要的地位，視力衰弱的結果，遂放棄當初的念頭，配上一副放大眼鏡進入牛津攻讀英國文學。這是赫胥黎一生的重大轉捩點，若非視力不佳之故，他不會改唸文學，那麼這世界將僅僅多出一個第一流（或者不算第一流）的科學工作者，但無疑會損失一個傑出的文學家。赫氏曾說：「寫作是種極吸引人而耗神的職業，我始終覺得我很幸運，這年頭能靠自己所喜愛的工作為生的人並不多。」

一九一九年，赫胥黎應邀擔任《雅典娜》（*Athenaeum*）文學雜誌編輯，這時他開始從事詩、散文、歷史方面的片斷創作，但一直到他的第一本小說 *Crome Yellow* 問世（一九二一年初版，中譯《克羅姆黃莊園》），以及一九二三年出版的 *Antic Hay* 後，赫胥黎方在文壇上佔有一席地位。早期的赫胥黎小說蘊著濃厚的諷刺意味，尤以*Point Counter Point*（中譯《針鋒相對》，一九二八年出版）為極致。一九三二年，赫胥黎最具影響力的小說《美麗新世界》問世，四十年後的今天，我們仍被書中所寄語人類本質的尊嚴與對我們生存世界之關懷所震撼。

一九三七年，赫胥黎赴美治療眼疾，隨而定居於南加州，這之後的作品傾向於哲學、歷史、神祕主義諸方面，晚年後又回到他賴以名噪一時的主題上：美麗新世界再訪（Brave New World Revisited），一九六二年長篇小說《島》（*Island*）出版。

一九六三年十一月十二日因喉頭癌逝於好萊塢住宅中。

赫胥黎長得頗高——約六呎四吋，身體略傾斜，肩膀很寬，他並不像其文章那樣尖刻、曖昧，外貌談吐均極溫和，顯得沉默而高尚。微傾而削瘦的面孔，蘊育出他專心、沉思的氣質。通常，他不苟言笑，總是專心傾聽別人發言，說起話來從容而謹慎。

## 二、寫作之途

在赫胥黎年輕那段黑暗時代，他曾用點字法寫出一本小說，赫胥黎的姨母華特夫人（Mrs. Humphry Ward）本身亦頗具文名，可說是他文學的啟蒙師，赫氏從她處得到寫作之經驗談，和難以計算的引導。第一次世界大戰那陣子，赫胥黎在米蕾夫人（Lady Ottoline Morrell）的別墅——一個文人騷客的聚會地點，認識當時的一些文壇人物，像曼斯菲德（Katherine Mansfeld），薩森（Siegfried Sassoon），葛拉佛（Robert Graves）都是在這期間認識的。在牛津時代，赫胥黎就開始詩的創作，他的第一本小說問世前，赫胥黎曾出版過數卷詩集，當初在《雅典娜》擔任編輯時，由於薪水不足以糊口，曾抽空替CONDÉ NAST出版社、*VOGUE*、《浮華世界》（*Vanity Fair*）、House and Garden等雜誌工作，而且，赫胥黎還曾替《西敏寺評論》（*Westminster Review*）這刊物寫過劇評，和一部份樂評，這些工作多少培育出他敏銳的觸感。一九二一年《克羅姆黃莊園》問世後，再不需為糊口操心或焦慮。婚後赫胥黎夫婦在歐洲大陸住過一陣子，一直到法西斯席捲義大利後才遷居法國。他們在巴黎郊外有幢小屋子，赫胥黎喜清居於此寫作，他一生中評價最高的三本著作：Point Counter

Point（1928），Brave New World（1932），Eyeless in Gaza（1936），先後完成於二次大戰前的歲月。談赫胥黎這個人並不能純然以小說家視之，一般小說家認為：小說創作引人入勝，能充滿心房而佔據其全部的時間與精力。赫胥黎涉獵的知識甚廣，他的作品中從遊記到歷史，從藝術至論視覺經驗的創作，我們無妨視他為哲學家。雖然，赫胥黎在英國的文學地位，未若勞倫斯（D. H. Lawrence）、吳爾芙（Virginia Woolf）那麼高，但赫胥黎的諸多作品，實在是他思想的構造，而非一般生活的闡釋。他的一生與其說獻身文學，不如說文學是他浩瀚思慮的具形物，他並非為文學而文學，或許是這種態度的緣故，赫胥黎一直不很在乎批評家對他作品的詮釋，他曾說：「……評論未曾影響過我的創作態度，因為我從未閱讀它們，我的作品不是針對某些人寫的，我僅僅在嘗試著我所能盡力者而順其自然罷了。我對評論之所以不感興趣，是由於他們所涉者均是過去已成的事蹟，而我所關懷者則是未來的事情……」

## 三、美麗新世界

O Wonder! How many goodly creatures are there!
How beauteous mankind is! O brave new world!

在赫胥黎祖父時代，科學文明正方興未艾，人類認為科學的持續進展，終將開拓出前所未有的美滿世界，阿道斯何嘗未如此憧憬過，但身為阿諾德的外甥，詩人的氣質不免使他憂慮，科學技術無終止的膨脹，人類未蒙其利反受其害，他所擔心的是：科學、機械的物質文明主宰人類理想與心靈，那種集體主義化的「理想國」裏，並不重視——甚至否認人類的尊嚴價值，那個社會裏追求的是單一和諧的制度與新而閉塞理智的事物。一九三〇年代，德國、義大利的法西斯主義者當政，獨裁體制逐漸形成，而蘇俄在史達林鞭策下，朝著工業社會化與農業集體化的社會主義邁進，在這個時代背景下，產生了赫胥黎悲天憫人的醒世之作——《美麗新世界》。

《美麗新世界》原以揶揄威爾斯（H. G. Wells）的「人似神」（Men Like Gods）的體裁開

端，但進展下去卻逸出原先的構想而轉入一個完全二樣的境界，而赫胥黎對此種轉變愈感興趣後，終於推翻初時的構想，刻意地塑造一個幻滅的烏托邦。在他著手著作《美麗新世界》時，赫胥黎並未履足過書中所描述的蠻荒保留區——新墨西哥，他遍覽有關這個地方的報告，然後去想像其景象，一直到該書問世後四年，一九三七年，赫胥黎才踏上自己著作中那塊土地。書裏的野人約翰寄託著赫氏摯友勞倫斯的影子。這個「野人」否定單一的和諧而追求多樣的人生；他背誦莎士比亞、歌頌生命、尊重倫理。如果人未誕生前（應該說未被製造出前）即已註定過何種日子，那「人」算什麼。做為一個人，我們有權利不快樂（the right to be unhappy），而不是任所驅使的侍奉快樂。在集體化的「完美」社會與蠻荒保留區間，野人寧取後者。他說：「我不喜歡安適。我要神，也要詩，我要真正的危險，我要自由，我要至善（goodness），我追求罪衍。」「事實上，你在要求著不快樂的權利。」世界邦西歐常駐元首瑪斯塔法・蒙德（Mustapha Mond）這樣地問野人。「不消說，還有變老、變醜和性無能的權利，罹患梅毒和癌症的權利；三餐不繼的權利；污穢的權利；為不可知的明日而不斷煩憂的權利；感染傷寒的權利；被各種難言的痛楚折磨的權利。」一段漫長的沉寂後，野人終於說：「我全部要求」（I claim them all）惟有如此，他才能自覺是個「人」。生老病死在新世界中是不存在的，所有的感受僅有快樂，憂愁不知是何物，快樂是自然的，約束的——亦是白痴似地。人類能青春長駐，沒有衰老的徵象，衰老是一種醜陋而難以置信的名詞，死亡只是一種睡眠。人際間的性關係單純的不涉及靈性或愛情——愛情又是一個怪異污穢的名詞；這個野人要求那些已從新世界消除許久的諸問題，他隔離苦修，煎熬自己竟被他們當是另一種賞心悅目的景象，在無所選擇之下，野人終於自求解脫。約翰的自盡亦說明了人的特質，因為在新世界中的人類自殺簡直是不可思議的景象。

赫胥黎的結論是：

烏托邦似乎比我們過去所想像的更容易達到了，而實際上，我們發現自己正面臨另一種痛苦的問題：如何去避免它的最終實現？

烏托邦是會實現的。生活直向著烏托邦邁步前進。或許會開始一個新的世紀，在那個世紀中，知識分子和受教育的階級將夢寐以求著逃避烏托邦，而回歸到一個非烏托邦的社會——越少的「完美」，就越多的「自由」。

出自Nicolas Berdiaeff

# 四、島

一九四六年版的《美麗新世界》序言中，赫胥黎曾勾劃出他另一個烏托邦的大端，一九六二年出版的幻想小說《島》就在闡釋這個主題。整個過程的焦點凝聚於錫蘭和蘇門答臘間一座假想的島嶼——Pala島上，它的位置正處於印度與中國的交會點。赫胥黎選擇這一點位置來建立他的理想國是有其道理的。一八四〇年代一位英國探險隊的年輕醫生初次登臨這座島嶼，這個年輕醫生，Dr. Andrew MacPhail，喀爾文教派信徒，代表的是十九世紀科學逐漸進化的西方文明。島上的統治者——Palanese King是一位大乘佛教徒，則象徵中國、印度所代表的東方文明，赫胥黎的用意在顯示，無論東西或西方的世界裏，人性（humanity）均能發展到最佳的境界，自一八四〇年代後的一百多年，這座島嶼在年輕醫生與統治者的子孫協力下，逐漸形成我們這混亂世代中的桃源。島上的人民並不與外界隔離，他們吸取新的世界文明，但現代科學與技術僅用來增進與發掘和人性有關的利益與設施。而不奢於增進白痴式的享受，所以，這島嶼蘊藏著豐富的石油卻拒絕西方各國投資開採，寧捨因地利能設的現代化商港而維持著舊式的港口，將古典的莎劇寓以島上獨特的倫理公演於露天劇場而寧缺電視台。沒有軍隊，沒有武器，整個社會的基礎完全根於「完整的人性」（full humanity）上。他們認為近代技術的進展，諸多現代化的設施，導致人類的墮落，舒適的物質享受徒然敗壞人類的心靈。人無貴賤之別，科學與藝術並重，理智與熱情均衡。Pala島是一個美麗新世界負面的理想國，然而，像Pala如此具備工業化資源、條件的島嶼，在西方列強之急於開發能源的情形下，能不受污染嗎？整個構想盤據赫胥黎腦海許久，當初並未蓄意以小說題裁來表白，一直到一九六〇年時才決定寫成小說。整個創作的進度極緩，在嘗試以寓言式的架構來訴說時，難的不在於想表現何種思想，而是如何將之具象於小說中，如果以對話錄的話，無疑使人對其中人物無終止的談話感到太直接而厭煩。問題發生在誰來講這故事？如何來經歷這事端？在創造情節與已完稿的各段落重組中，真絞盡赫胥黎腦汁。終於，赫胥黎藉一位年輕記者，事實上亦是西方某石油大亨的私人代表，Will Farnaby之經歷來闡釋這發現。時間是一八六二年，Dr. MacPhail 目依然追尋他祖父的理想，而年輕的Palanese King Murugan卻不願暴殄天物，極力追求一個現代工業化的島國。Will Farnaby在一偶然海難下，飄至這島嶼，從而周旋於二者之間。當他對這島嶼的一切從訝異轉變成嘆賞時，卻不期然地發現自己捲入這塊淨土的毀滅中——年輕的Murugan聯合鄰島虎視眈眈的獨裁者

Colonel Dipa接管了這島嶼。從書中將近尾聲時Will Farnaby與Susila、Dr. MarPhail Ⅲ之媳婦的一段對話，我們可見其端倪：

“Did you know that Murugan and the Rani were conspiring against you? ”

“They make no secret of it. ”

“Then why don’t you get rid of them? ”

“Because they would be brought back immediately by Colonel Dipa. The Rani is a princess of Rendang. If we expelled her, it would be a casus belli. ”

“So what can you do? ”

“Try to keep them in order, try to change their minds, hope for a happy outcome and be prepared for the worst. ”

Will Farnaby免不了成為這和諧樂園的地獄使者。結尾仍是悲劇地——失樂園（paradise lost）。

## 五、知覺之扉

赫胥黎是我們世界裏最早注意到mescaline和ＬＳＤ*所造成的視覺效果的人。他曾自願為一加拿大的精神分析學家Humphry Osmond的試驗品，後來赫胥黎將其所閱歷種種著成《知覺之扉》（The Doors of Perceptions）一書，該書曾述及藥品作用下的視覺閱歷：就心理透視效果來說，人們可能深入其周圍人物的內裡，和自身的內心深處。許多人重記起已埋葬掉的往事——在心理分析要花六年的過程，竟能在一小時內完成。此種閱歷能隨想像而擴充至其他方面，它顯示出人們所習於居住的世界，僅是傳統閉鎖制約下存有的一種創造，除這之外尚有其他種世界，並非是獨一無二的。赫胥黎曾說過，此種經歷是一種社會秩序與時空外某些事物之顯示。從小說創作的意義而言，這種經歷並不全然有益，小說創作是一種持續不懈地努力的結果，作家需對實際社會裏的人物有整體的概念，僅由此而來的靈感甚是有限。從科學的觀點來看，各人對Lysergic acid之類藥品呈現出很大的差異，僅有某些人能直接從此啟發出繪畫的靈感或詩歌的創意。對大多數人而言，則僅僅是很特殊的經驗。一個人終究不能毫不思索地坐下來說：我服用過Lysergic acid，所以我能寫一首偉大的詩。同時，那種經驗與心之所欲者並不全然一致，往往產生意外的結果。對一個詩人而言，Lysergic acid無疑使他經歷一種極特殊的生活景象，即使如此，在Lysergic acid那種混然的境界裏，你對什麼事都不會有興趣，這是ＬＳＤ經驗裏最特異的事——試想，如果你正同一女人好合之際，你會有創作的興緻嗎？在那種境界裏，語言文字引不起人的興趣，因為那種經驗遠超越文字而無法形之於言語，所以，欲概括出其確然委實有點困難。而經過此閱歷之後，人們多少能從不同的觀點重睹環繞他們的世界，很可能創意因此而生。通常，此種視覺閱歷能留下某種程度的完整，記得某些特殊的情景，而且或多或少能重新居於其間——尤其是吾人所存外在世界扭曲變形的一段，由此而來的隱喻，多少能透視此一扭曲變形的世界，它使我們從新觀點來重睹生存的世界，而且往往能進入梵谷啦、布拉克啦那種奇異的世界，在Lysergic acid混然的境地下，人開始體驗這世界，過後存有某種記憶重而出入於其間。需要說明的是：經歷前後，藝術家的天賦並無二致。

Mescaline是Peyote cactus的主要成份，美國西南部的印地安人長時以來用之於宗教祭

---

＊ 註釋：mescaline為三甲氧苯乙胺，俗稱仙人掌毒鹼。ＬＳＤ為麥角酸二乙醯胺。兩者都是會產生幻覺的化學藥品。

典中。LSD-25（Lysergic acid diethylamide）是種與mescaline效果相近的化合物，這兩種藥品扭曲外在的世界，服食的人會產生一種幻覺，這幻覺可能像惡魔般的夢魘，亦可能如天堂仙境。《美麗新世界》中的索麻（Soma）則僅是一種假想的藥物，具有euphoria、hallucination、sedation三種不同的效果——這是一種不可能的組合。《島》一書中談及的moksha medicine亦是一種假想的迷幻藥，Pala島上的人利用來驅除外在的恐懼——恐懼非源於事物本身，而是人自身心理作祟，故若能揭示心靈深處的自我及本質時，恐懼即不復存在。赫胥黎在《島》中，以整章的篇幅描述Will Farnaby的moksha medicine之經歷，不啻讓我們臥遊此奇異的境界，從早年設想的索麻到mescaline，ＬＳＤ的視覺之扉，再至moksha medicine栩栩如生的敘述，赫胥黎所懷著的態度非僅嚴肅、好奇，實具探索未知、開導未來的意義，與時下青年的頹喪迷失截然不可相提並論。

## 六、摯友勞倫斯

赫胥黎和勞倫斯（D. H. Lawrence）初識於一九一五年，但二人之密切來往相交甚稔則是在勞倫斯生命中最後四年，即一九二八年至一九三〇年。勞倫斯作品中對自然那種難以置信的生動，極得赫胥黎的稱許。出身於典型英國中產階級的勞倫斯，畢生充滿波折、詭秘而令人難解，連赫胥黎亦承認勞倫斯乍看之下確難以捉摸。他的行為多少像他的作品一樣，譬如在《羽蛇》（The Plumed Serpent）一書中，藉血腥黑暗的日子襯托出墨西哥印第安人的英勇，但在另一頁中又詛咒那些懶散的土著。勞倫斯一生馬不停蹄地四處奔波，很可能與他的性格有關。他是那種愛恨極端強烈的人，深愛著一個人但同時又憎恨著那個人，由於這種性格，使得他和人際間的關係複雜的非設法擺脫不可。從另一方面看，這未始不和他的身體有關。勞倫斯因罹肺癆之故，一直受溫度、風向、陰晴晦雨等氣候因素的影響；而晚年時所表現的那種超乎肉體支柱的強韌生命力，很難以醫學理論解釋之。勞倫斯逝世前四年，與赫胥黎夫婦相處甚佳，知之亦深，他那本引起爭論的《查泰萊夫人的情人》就是赫胥黎的妻子瑪麗亞為之打字成稿的。勞倫斯死後，赫胥黎編輯一本《勞倫斯書簡集》，附了一篇長序，替勞倫斯做最中肯的蓋棺論定。勞倫斯同輩之中，最能瞭解他那種變化莫測的性格，又能詮釋其緣由者，沒有人比赫胥黎更恰當了。而勞倫斯對赫胥黎的小說亦曾評論道：「我並不喜歡阿道斯的小說，雖然其中不乏反抗與否定的勇氣，但我仍覺得寫這些小說的赫氏只是半個人，像個半成熟的青年，實際上的阿道斯，說實在的，更具成熟完美的人格。」二人相知之深，於此坦露無遺。

## 七、結論

二十世紀中，具備有深厚的科學知識文筆頗佳而又能對生存於斯的世界獻出無比關懷的人物都已慢慢地凋謝，史懷哲、德日進、羅素、赫胥黎等等，在物質文明更進化的將來，我們或許還能產生這種哲人。然而，我懷疑我們這時代並不具備蘊育那種人物的背景。終究，人類對生長於斯的地球，有一份繼往開來的責任在，社會愈進化，我們愈需懷有哲人們的胸襟。

阿道斯．赫胥黎，文學家兼哲學家，一個人道主義者。

註：本文資料大抵出自下列各處：

一、《美麗新世界》，黎陽譯，志文出版社

二、一個喜愛醫學的哲學家——赫胥黎・綠杏

三、Writers at Work, the Paris Review Interviews 2nd Series.

四、Tomorrow, Tomorrow, Tomorrow, by Aldous Huxley.

五、Island by Aldous Huxley, Penguin Books, England.

# 基礎醫學的孤獨行者——李鎮源

本文最初以筆名黃品蒼發表於《文星》一〇四復刊六號（民國七十六年二月一日）

去年（一九八六年）十二月廿九日，李遠哲博士返國所掀起的旋風將近尾聲之際，行政院表揚了該年度傑出科學技術人才。據報導，得獎人之一的中央研究院院士李鎮源在獲獎後表示，獲得這項榮譽固然令他高興，但也感到很不安；因為自民國六十五年行政院設立「傑出科技人才獎」以來，十一年間從未有中研院院士被表揚，因為根據這項獎勵辦法之「推薦注意事項」規定，中研院院士不宜列為被推薦對象，因此，表揚李鎮源是個特例。頒獎之後，於國科會舉行的記者會中，李鎮源是最沉默與寂寞的得獎人，他的沉默是因個性拙於言詞不善表達，他的寂寞則是國內基礎研究學者共同面臨的無奈。

事實上，這項對李鎮源學術貢獻的表揚，至少遲了一年。前年十月，中央研究院吳大猷院長就曾建議單獨頒獎李鎮源，以表揚傑出為科學發展貢獻的精神；去年三月六日，教育部和國科會依照「表揚傑出科學和技術人才實施要點」規定，共同報請行政院專案表揚李鎮源，行政院於四月十日核覆：併七十五年表揚傑出科學人才案辦理。一向直言無諱的中研院吳大猷院長曾為這項「專案表揚」變為「併案辦理」的平頭待遇方式表示不平，認為行政院當局對學術研究不知欣賞；稍後，吳院長在立法院答覆立法委員詢問時，以「薄弱膚淺」四個字，形容國內學術發展與社會對學術研究的認識，也一語道盡國內從事基礎研究學者的困境。

去年底行政院表揚傑出科技人才時，《聯合報》對李鎮源的特殊貢獻有簡明扼要的敘述：

李鎮源從事教學研究工作長達四十六年，對蛇毒各種毒素的研究獨具創見。民國五十二年，首次由台灣雨傘節蛇毒分離出主要毒素——雨傘節神經毒素，並證明該毒素可與老鼠膈膜的神經傳導末梢結合，同時闡明蛇毒神經毒素的作用機轉，此研究使李博士在國際蛇毒研究領域中佔舉足輕重地位。民國六十一年，與法國巴斯德研究所分子生物科學家向久（Dr. Changeux）博士合作研究，闡明蛇毒神經毒素與神經末梢結合的詳細部位，此結果已成為研究神經末梢、化學傳遞物質的釋放及乙醯膽鹼受體的重要工具，使神經生物學研究獲重大突破。李教授歷年來發表的論文達百餘篇，不僅領導國內藥理學研究，更為國際聞名的蛇毒研究權威。民國七十四年更擔任國際毒素學會會長，為國人在世界學術界爭得的最高榮譽之一。

然而，區區三百餘字的描述，焉能道盡李鎮源這位基礎醫學研究苦行僧半世紀的心路歷程。

## 炙熱生命與冷門學科

李鎮源的蛇毒研究生涯始自他的醫學生時期。立志學醫是由於「眼見父親及親人因病去逝而無力救治，內心非常感慨，立下救人濟世、減少人類痛苦的志願」。至於捨棄臨床工作而就冷門的基礎醫學，則「除了濃厚的興趣之外，當時臺北帝大醫學部都是日人教授的天下，杜聰明博士是唯一的台灣人教授，因此很自然的以他為追隨對象。」

李鎮源追隨杜聰明博士從事藥理研究的啟蒙時期，曾以「苦蔘子治療下痢」的藥理研究，發現苦蔘子中的糖苷類可以致死阿米巴原蟲，揭開幾千年來的中藥苦蔘子治療痢疾的謎，而後將近半世紀的歲月，均與蛇毒研究為伍。

中研院院士錢煦在民國七十四年底，國內藥理學界為李鎮源任教四十五年榮退紀念演講會祝辭時，指出：

大家常說，蛇毒有什麼意義？做了半天都是什麼毒性，可是正因為這個研究，才有雨傘節蛇毒素（α-bungarotoxin）的發現，用它可以測定神經肌肉傳遞受體的各方面研究，變成一個不可或缺的必要因素，這都是由毒素研究出來的。

錢煦院士所指出的雨傘節蛇毒素即是由眼鏡蛇科雨傘節屬蛇毒中純化出來的毒素，被證實作用於神經突觸後機終板部位，會抑制運動神經／肌肉的傳遞，而另一種毒素

（β-bangarotoxin）則作用於突觸前運動神經末梢，阻止乙醯膽鹼的釋放，產生不可逆性的神經／肌肉傳導阻斷作用。雨傘節蛇毒所純化的毒素，因對神經肌肉傳導受體具有獨特的特異性與不可逆結合性，使它成為研究神經肌肉傳導過程的重要工具，對神經生物學研究產生極為深遠的影響。以比較通俗的觀念來形容李鎮源證實蛇毒神經毒素的作用機轉，對神經生物學的突破，或能說使其從「知其然」的階段進入「知其所以然」的境界。就拿骨骼肌的收縮為例，在李鎮源證實神經毒素的作用機轉以前，醫藥界雖然知道乙醯膽鹼與神經傳導、肌肉收縮有關，但沒有人知道它是如何發生的。如今，一般醫學院學生讀到藥理教科書對神經與肌肉傳導的敘述時，恐怕未明李鎮源從事蛇毒研究過程的發現所扮演的重要性，更甭論一般社會大眾了。

李鎮源對蛇毒研究的卓然貢獻，使他在一九七六年獲得國際毒素學會頒贈的雷迪獎（Redi Award），次年更獲選為美國藥理學會的榮譽會員，極少外國人曾獲得此項殊榮，這些都表示李鎮源的蛇毒研究在國際藥理學界的權威地位。在獲得雷迪獎之後十年，一九八五年八月李鎮源當選國際毒素學會會長，成為國內學者出掌國際學術團體極少數的個例。

# 寂寞是追求真理的報酬

李遠哲獲得諾貝爾化學獎後，曾表示得獎與否與其說是對他個人的意義，遠不若社會對科學研究的肯定：

> 科學家得獎並不是最重要的事，但一個社會標榜科學家卻是很重要的，原因是科學的研究是個很大的社會活動，個別的科學家已不像從前那麼重要，但科學活動在一個社會是非常重要的。所以社會嘉獎科學家的目的要向社會交待，要使一般社會大眾了解科學家在做什麼，科學家對社會有什麼貢獻。從這個觀點，頒獎是很有意義的。

與應用科學研究相比較，基礎科學研究通常較沒有國家的界線。雖然二者間的界線並不是那般截然分明；電腦或使腎結石免開刀的震波碎石機看似很明顯的應用科學，但卻需很多物理與數學等基礎科學知識及人才投入。李鎮源的蛇毒研究，無疑是頗具本土性的基礎醫學研究，然而其對神經肌肉傳導過程及受體研究的國際性貢獻、相關臨床應用價值亦已廣受肯定。李鎮源認為，從事科學研究之動機乃出於好奇，而去探索未知；一旦了解未知，對人類自然有幫助，不要一開始就先講求實用。這種反對以實用的價值衡量研究價值是他對基礎研究始終不渝的信念，他不同意以短暫的現實利益來考慮研究的意義，「否則，大多數的研究都沒有理由存在了。」

然而，李鎮源的寂寞就在於缺乏來自社會的認知與肯定，甚至連醫學界都認為蛇毒研究是非常偏冷門的領域，往往不解其何以值得埋首近半世紀。同樣地，如果李遠哲沒有獲得諾貝爾獎，他的化學動力學研究永遠不會有新聞報導的價值或受到他所生長於斯家鄉社會所肯定。在我們這個傳播媒體塑造形象、創造風尚、引導流行的社會，民眾的認知深受傳播媒體的導向，而傳播媒體也習於跟隨國外電訊錦上添花，對默默耕耘從事基礎研究的本土學人如李鎮源者，我們社會何曾給予多少的掌聲？李鎮源本人或許並不在意，但我們能繼續漠視這個事實嗎？

國內藥理學界於七十四年底李鎮源宣告退休的同時，成立「李鎮源演講基金會」，預計每年邀請一位傑出國際藥理相關學者，來臺作一週的演講活動，使國內蛇毒研究的國際聲望得以持續，繼而擴大與國際藥理學術界的接觸面。原預定募集基金新台幣二百萬元，但醫藥界認捐的情形毋寧令人感到失望，到目前為止只募集到一百七十餘萬元；除李鎮源的啟蒙老師，已故的杜聰明教授之基金會獨捐廿五萬元，其餘絕大部份來自李鎮源臺大藥理研究所的同仁與門生。李鎮源和他的研究羣汲汲於蛇毒研究，不食人間烟火，與國內藥理學界以外的層面，原本甚少聯繫，更甭論及做公共關係，或與政府機構當權人士往來。因此基金會募款來自社會層面的冷落或應可期。但李鎮源獻身近半世紀的國內醫學界反應之冷淡，誠然令人難解。

然而觀察六十年代，國內經濟起飛之際，我國退出聯合國，在世界政治舞台日漸孤立，醫藥界如同其他民間團體積極拓展國際交流，尤以臨床醫學界為然。近年來，在國內陸續主辦的國際性醫學會議，其經費動輒千百萬台幣，勸募或贊助來源主要來自國內醫藥廠商；即如臺大醫學院校友會的景福基金會，來自臨床醫界校友的捐款也有二、三千萬元之譜。臨床醫學界或藥界對「李鎮源演講基金會」的冷淡，究係對基礎醫學研究的漠視？抑是對李鎮源所秉持信念的一種無言的舉對呢？

## 有為、有守及有所不為

回憶七十二年七月底，執台灣地區醫界牛耳、歷史最悠久、傳統包袱也最重的臺大醫院，當時的院長楊思標卸任，將轉任醫學院院長。當時已內定由臺大醫學院出身，擔任省立桃園醫院院長的李俊仁出掌臺大醫院，突然卻因李鎮源之強烈反對，產生中途走馬換將的戲劇性變化。

李鎮源在民國六十一年至六十七年間擔任臺大醫學院院長時，李俊仁就在那段期間升任臺大外科教授。他是國內相當著名的外科醫師，也是國內第一個換腎手術的主持人。在由臺大醫院外調主持省立桃園醫院期間，表現了極佳的行政能力，省桃在李俊仁主持下，醫療服務之業績與品質，均遠非一般省立醫院可相比擬，成為省立醫院之明星醫院。臺大當局屬意由李俊仁接掌臺大醫院，一般認係希望借重其行政長才，為日趨沒落的台大醫院再創生機。然而李鎮源認為臺大醫院主持人的品格風範最是重要，因此強烈反對此項安排。

李鎮源在這項院長人選中表現了強硬反對態度，自認是基於教育的原則，卻也反映出其四十六年來對基礎醫學研究的執著，與道德理念所形諸於為人處事不妥協的另外一面。他在擔任台大醫學院院長期間，即秉持相同的信念，認為醫院的臨床教職人員亦應重視學術研究，不應夜間開業或兼職（差）。因此他首先推動不開業獎金制度，鼓勵專任之臨床教職醫師不開業而致力於教學與研究。然而以區區新臺幣一、二萬不開業獎金，而欲限制擔任臨床教職醫師專勤，此等欲以基礎醫學研究者的認知與道德理念加諸於臨床醫師的努力，其結果自可預期。

李鎮源堅持的個性在國內醫學界廣為人知，他兼具李遠哲認為一個好的科學家追根究底的精神與在現實社會不輕易妥協的態度。中研院錢煕院士亦曾提到對李鎮源擇善固執個性的看法：

有時同學或朋友們和李先生抱不同樣的看法，可是我相信每次李先生堅持一個原則的時候，沒有人懷疑他的真正誠意。不管同意不同意，你一定要尊敬他的這種看法。大部份他是對的，不過，這不是最重要的原因。他這種至善的態度就是我們所謂「自反而縮，雖千萬人吾往矣」。我們跟李先生學，膚淺的我們學到了，但這種深的做人的道理，我們很少有人做到。

現任臺大醫學院院長楊照雄也說：

李教授性格急性些，但他認為對的，為大家好的，就不客氣直言，不妥協的。爭論當中，或許有人對李教授有所不滿，但事後總能了解李教授的用心。對於他此種個性，醫學院同仁非常敬佩，他可說是醫學院的靈魂人物之一。

## 世有基督亦有猶大

李鎮源耿直鮮明的個性與拙於言詞，使他在蛇毒研究的象牙塔外，尤其涉及複雜人際關係的行政工作處理上，迭有爭議。他的學術研究資歷與貢獻，固然使他周圍的同事尊敬他，但即使這分由衷的尊敬，似乎缺乏了親和的感覺，臺大醫學院一位退休的資深教授近日就曾為文指出，臺大醫院的學術地位得以在艱困的環境下維持不墜，主要原因臺大醫學院教授的名器仍有其誘人之處。然而過去臨床教職人員待遇微薄，非憑夜間開業或兼職彌補，實不能安心從事研究工作，對於李鎮源所堅持的專職教學與研究頗有「自以為是」的微言。更尖銳一點的評語是：「他可以當基督，卻不能要求每個人都得當耶穌。」李鎮源對這種說法的憤慨可想而知。

李鎮源在蛇毒藥理的成就，與他獻身近半世紀的臺大藥理研究所密不可分，李鎮源個人的風格，深深烙印在這個嚴守崗位、埋頭苦幹的研究團隊上；除了他之外，藥理研究所的張傳　、歐陽兆和俱為中央研究院院士，尤其張傳　院士在蛇毒研究的貢獻功不可沒。其他如藥理科蕭水銀、鄧哲明等教授，均承李鎮源學風之真傳，當然，李鎮源對於提攜藥理研究所的後進，亦相當盡力。譬如，六年前在日本召開的國際毒素學會，囿於國科會補助對象的限制，李鎮源為使藥理科講師級人員都能獲得赴日參加觀摩的機會，他向主辦的日本藥理學會爭取到每人十萬日幣的補助；他也曾為化學系出身的長期研究夥伴張傳　在醫學院的教授升遷資格力爭，但對於醫學院其他基礎學科是否均曾給予相似的平衡待遇，則有不同的見解。雖然他對於醫學院其他同仁的努力，一向也不吝於表示鼓勵與敬意，但是，李鎮源一手建立蛇毒藥理王國的危機，亦正因他的研究羣體幾乎是師出同門，一脈相傳；尤以近二十年來，臺大藥理科的師資，自講師級以上，幾全是他臺大藥理研究所的門生；雖然博士後研究的階段也在國外其他研究機構增廣見聞，其源於相同科學研究的理念或特殊研究領域的開拓性有限，皆可理會。然而，缺乏不同外來研究文化的參與及刺激，李鎮源耗心半世紀所建立的研究動勢是否會因而遲緩下來，則是一個值得觀察的現象。

## 群雄並起下的台大困局

同樣的觀察，似乎也應擴及蛇毒研究賴以立足的台大醫學院。這所國內深具聲望的國立大學醫學院，在李鎮源之前之後，俱以資深與學術聲望的學者為院長人選的遴選條件。除楊思標擔任院長期間展現的行政手腕異於歷任院長之外，臺大醫學院各科系各自為政，臨床與基礎間缺乏聯繫，以及院長無為而治的院風似無多大的變遷。然而，在崇尚功利與追求政治背景蔚為學界風氣的今天，臺大醫學院的困境可想而知。醫學院或醫院院長應負起政府、學界與社會相互溝通的橋梁，單憑學養聲望守成或許有餘，開創新局則有所不逮。近年來，醫界羣雄並起，企業財團的新興勢力漸成氣候，連榮總都急起直追，以陽明醫學院為基礎醫學研究的根基，輔以臨床研究大樓的設施及較具彈性編制方式網羅人才，積極整合基礎與臨床研究已略具規模。羣雄並起的醫界戰國時代，早期臺大醫學院所賴以維持領先的優秀人才其貢獻的熱忱，也逐漸喪失其優越性。加上僵化的制度與缺乏強有力的政治資源為後盾，往昔臺大醫學院惟我獨尊的局面不再。從臺大醫學院區整建計畫進度與榮總整建計畫相較，當可窺之二者行政統合效率與主事者魄力及遠見之差異。

整建後的台大醫學中心，以醫院為主體，醫學院的發展爾後就侷促在目前已完工遷入的獨幢基礎醫學大樓，不復具備發展擴充的空間。基礎醫學的生存空間與角色顯而易見地未因整建計畫而更受重視，似乎基礎研究的理念抵擋不住排山倒海而來、以精密醫療器械掛帥的臨床醫學。有位研究基礎醫學的教授慨嘆，醫學中心幢幢高樓的興起，或不幸意味著臺大醫學院沒落的開端。

## 自緣身在最高層

就李鎮源的學術生涯而言，也印證他所鍾愛獻身於斯臺大醫學院的由盛而衰。李鎮源的退休象徵一段歷史的休止符，他的蛇毒研究曾經在這段半世紀的過程中，創造一頁足以流傳後世的紀錄。我們讀到這段紀錄時，當記著李鎮源所秉持始終如一的研究信念，「不畏浮雲遮望眼，自緣身在最高層」可為這種信念的寫照。遺憾的是，李鎮源的學術貢獻，似乎也無力挽回基礎醫學研究在臺大醫學院的沒落。他的信念使他為國內學術界在國際上占得一席之地，但他不妥協的個性，註定他在學術研究以外的接觸無法達到人和的境界，而以基礎研究的信念、不妥協的個性加諸於其他人或職務的理念之上，對他所摯愛奉獻半生的臺大醫學院及其附設教學醫院，是否能如其所期待的維持國內醫界領導地位於不墜，尤令人省思回味。

最重要者，我們的社會對於從事基礎研究的學者，是否應給予更多的鼓勵與重視，不吝雪中送炭給予掌聲，在李遠哲的旋風之後，這個問題仍舊不見有答案。李鎮源寂寞的蛇毒研究之旅就是最佳的註釋。

**後記：**

這篇文章是《文星》雜誌復刊後，總編輯林今開邀請我撰寫的當期封面人物（一九八七年二月一日復刊第六期）。林總編認為如果邀李鎮源教授子弟或同事撰寫，可能較無法中肯表達。林總編是我台大藥學系高一屆的學長、時任職陽明大學周碧瑟教授的先生，他讓我以筆名發表，也避免我當時擔任行政院衛生署藥政處處長身分的敏感性。林總編認為，以我的台大藥學系系友及曾受教於台大醫學院藥理學科的經驗，應該能夠客觀的談述李教授的蛇毒學術研究之旅。

幾年前，我於李鎮源教授百年紀念演講會與鄧哲明教授晤談時，曾建議台大藥理體系整理李教授台大藥理研究團隊在神經生物學受體方面的研究成果，廣為宣傳，並以尚健在的張傳炯教授為代表，爭取諾貝爾醫學獎的榮譽（按：諾貝爾醫學獎的慣例僅給予仍存活於世的學者，不論其年齡，近年諾貝爾獎不乏頒予九十高齡的學者，甚至是已退休者）。李鎮源教授的團隊開啟二十世紀神經生物學受體（receptor）之門，成為近代新藥機轉研究的先鋒，也是本土基礎醫學研究對全世界的重大貢獻。

鄧教授對此建議，似有他難以傳述的苦衷，也就沒有後續。如今，鄧教授已於二〇二〇年辭世。

僅以此後記補充。

# 傷逝：黃文鴻小說集

作者：黃文鴻
編輯：左轉編輯室
設計：蕭旭芳
封面繪圖：廣野毅志

發行人：江素慧
出版發行：社團法人台灣健康人權行動協會
地址：台北市林森南路4-2號4樓
電話：（02）23217648
傳真：（02）23914232
信箱：Taiwan.hri@gmail.com

定價：450元
初版一刷：2023年10月
ISBN：978-626-97869-0-9



國家圖書館出版品預行編目（CIP）資料

傷逝：黃文鴻小說集／黃文鴻著. -- 初版.
-- 臺北市：社團法人台灣健康人權行動協會, 2023.10
面；　公分

ISBN 978-626-97869-0-9（平裝）

863.57　　112016137